Frank-Martin Stahlberg

Lila 1

Teuflische Experimente

Fantasyroman

Mit Illustrationen des Verfassers

Weitere Bände der Fantasyreihe 'Lila':

Lila 2, Das Duell
Lila 3, Die Rache
Lila 4, Verloren
Lila 5, Tödliche Königin

© - copyright 2016 by Frank-Martin Stahlberg

Frank – Martin Stahlberg
Lila 1
Teuflische Experimente
3. Auflage

Umschlaggestaltung, Titelbild und Illustrationen:
Frank – M. Stahlberg

Herstellung und Verlag:
BoD – Books on Demand, Norderstedt
ISBN 978-3-8334-9892-3

Bibliografische Information der Deutschen Nationalbibliothek
Die Deutsche Nationalbibliothek verzeichnet diese Publikation in der
Deutschen Nationalbibliografie; detaillierte bibliografische Daten sind
im Internet über http://dnb.d-nb.de abrufbar

Lila konnte nicht schlafen. Unruhig wälzte sie sich hin und her. Morgen sollte es soweit sein! Zum ersten Mal durfte sie den Ullasee verlassen. Das war ein Großereignis, denn sie war ja erst elf Jahre alt, und so manche andere Elfe verließ die vertraute Umgebung ihr ganzes Leben lang nicht. Schließlich war es außerhalb dieses versteckt liegenden Sees - sofern man den Erzählungen der Erwachsenen glauben durfte - überaus gefährlich. Aber ihre Mutter würde sie bis zu Tante Killy begleiten. Dort wohnte auch ihre vierzehnjährige Cousine Camilla, die immer so viele verrückte Einfälle hatte. Sie war vor einem Jahr für zwei Wochen am Ullasee zu Besuch gewesen. Das war eine tolle Zeit, denn sonst war es hier eher langweilig, weil es leider am Ullasee keine anderen Elfen in ihrem Alter gab.

Wenn sie doch nur schlafen könnte.

Der Flug morgen war ziemlich weit, und ihre Mutter würde sicherlich schimpfen, wenn sie übermüdet war und nicht mithalten konnte. Aber irgendwie ging es einfach nicht. Zu viele Gedanken wirbelten durch den Kopf. Erst nach Stunden, als es sich kaum noch lohnte, fiel sie in einen unruhigen, von beängstigenden Träumen unterbrochenen Schlaf.

"Lila", die Hand ihrer Mutter strich sanft durch ihr Haar, "steh auf, es gibt Frühstück, und wir wollen bald los."

Oh, nein, das konnte doch nicht wahr sein, sie hatte das Gefühl, gerade erst eingeschlafen zu sein! Lila gähnte und versuchte mit mäßigem Erfolg die Augen zu öffnen. Es war noch nicht einmal richtig hell. Durch das Fenster sah man soeben die erste Morgenröte über dem See.

Doch dann fiel ihr wieder ein, was ab heute alles Schönes zu erwarten war. Rasch schwang sie ihre Beine aus dem Bett und schwirrte hinunter an den bereits gedeckten Frühstückstisch. Anziehen mußte sie sich nicht, denn Elfenkinder tragen bis zum Alter von rund sechzehn Jahren keine Kleider.

Lila war für ihre elf Jahre mit rund sechzehn Zentimetern Körpergröße eher klein, ziemlich zart gebaut, hatte blonde lange Haare, und vier durchscheinende bläuliche Flügel, die denen einer Libelle glichen. Sie war ein sehr lebhaftes Elfenkind, das häufig Unsinn im Kopf hatte und zu Leichtsinn neigte.

"Ich will Seerosenblütentee mit Honig!" rief Lila ihrer Mutter zu.

"Das hatte ich mir schon gedacht," lächelte diese, "er ist schon fertig."

Sie stellte die Kanne auf den Tisch, während Lila sich schnell ein Birkenmehlbrötchen schnappte und dick mit Blaubeermarmelade bestrich.

"Oh, ich freu' mich schon so!" rief sie, "ich .. !"

"Nicht mit vollem Mund Lila!" kritisierte ihre Mutter, "Denk daran, du willst doch bei Tante Killy keinen schlechten Eindruck machen!"

Ach herrje, was ihre Mutter bloß immer dachte! Tante Killy war ganz anders und interessierte sich gewiß nicht dafür, ob man schmatzte, oder mit vollem Mund redete. Aber sie wollte sich den aufregenden Tag nicht mit Streiten verderben. Also hielt sie vorerst, auch wenn es schwerfiel, den Mund. Nach dem Frühstück wusch sie sich noch rasch im See. Als Abschied von den anderen Elfen, die sich am Ufer aufhielten – die meisten schliefen allerdings noch - reichte ein kurzes Winken, dann ging es los. Zuerst entlang des klaren Krautbaches über die Feuchtwiesen, die mit leuchtenden Sumpfdotterblumen und Wiesenschaumkraut übersät waren, dann durch die sanften Hügel mit Besenheide und Wachholderbüschen.

Von Ferne sah Lila eine Elfenpatrouille, sechs mit Pfeil, Bogen und Lanzen bewaffnete Männer, die dafür Sorge trugen, den Ullasee vor unliebsamen Überraschungen zu schützen. Lila mochte die Männer nicht, sie waren fast immer unfreundlich. Besonders Kevor, ihr Anführer, wies Elfenkinder wegen jeder Kleinigkeit zurecht. Zudem verhinderte er, daß sie die wirklich interessanten Stellen aufsuchen konnten, zum Beispiel den Auwald oder die Krautbachhöhle.

Unterdessen hatten Lila und ihre Mutter die Ranne erreicht; dieser Fluß bildete im Osten die Grenze des bewachten Elfengebietes vom Ullasee. Über diesen Fluß hinaus war Lila noch nie gekommen, jetzt begann für sie das Neuland.

Ihre Mutter winkte sie dicht zu sich, "damit wir uns auf keinen Fall verlieren, schließlich kennst du dich hier nicht aus!"

"Ach, Mami, ich bin doch kein Baby mehr", beklagte sich Lila, zog es aber doch vor, den Abstand nicht wieder größer werden zu lassen. Sie flogen eine ganze Weile durch wechselvolle Landschaft mit kleinen Teichen, Hügeln und Waldstücken. In der Ferne war auch ein Menschendorf mit einem hohen Kirchturm auszumachen. Das Dorf sah von hier sehr gemütlich aus, wie es sich in das Tal schmiegte. Es war das erste Mal in ihrem Leben, daß sie so etwas in der Realität sah. Bisher kannte Lila dies alles nur aus Erzählungen und Bildern. Zu gern hätte sie sich das Dorf von nahem angesehen, aber ihre Mutter flog einen großen Bogen drumherum. "Zu gefährlich", sagte sie dabei, "Mwnschen neigen dazu, alles Unbekannte - und dazu zählen wir Elfen bei den Menschen auch - zu fangen, oder zu vernichten; also nähere dich ihnen oder ihren Behausungen niemals ohne zwingenden Grund!" schloß sie ihre kurze Belehrung.

Lila jedoch hatte nur noch mit halbem Ohr zugehört: Nicht allzu weit entfernt sah sie ein rotes Fahrzeug auf einem grauen Band – einer Straße, wie sie sich in Erinnerung rief - daherflitzen.

"Mami, sieh nur", rief sie, "ist das nicht herrlich?" und deutete mit dem Finger auf das glänzende Gefährt, welches sich in rascher Fahrt näherte. Ihre Mutter zuckte erschreckt zusammen und zog die widerstrebende Lila so schnell wie möglich hinter eine dichte Buschgruppe.

"Ich habe dir doch gerade gesagt, daß wir die Menschen meiden müssen!" fuhr sie ihre Tochter an, um dann etwas ruhiger fortzufahren: "Zudem sind Autos besonders gefährlich, denn wenn man über eine Straße fliegt, kommen sie oft so schnell angerast, daß man es

gar nicht abschätzen kann, und so einen Zusammen-
prall überlebt keine Elfe!"
Ab jetzt begann der große Wald. Zuerst konnten sie
noch entlang einer Schneise fliegen, dann aber führte
ihre Mutter sie unter die ziemlich dicht stehenden
riesigen Eichen und Buchen.
"Warum fliegen wir nicht die Schneise weiter?" klagte
Lila, "ich habe mir schon zweimal die Flügel gestoßen!"
"Es geht leider nicht, mein Kind, erstens biegt die
Schneise schon bald in die falsche Richtung ab, und
zweitens habe ich zwei hochfliegende Bussarde
gesehen, für die wir eine leichte Beute wären."
Von nun an wurde es richtig unbequem, teilweise
standen die Bäume und das Unterholz so dicht, daß sie
nicht einmal mehr fliegen konnten und mehrmals
längere Strecken zu Fuß zurücklegen mußten.
Lila war müde, außerdem war es hier feucht und stickig
unter den Bäumen, und sie schwitzte. "Ich kann nicht
mehr", jammerte sie, "sind wir nicht mal bald da ?"
"Ach, Lila, wir haben noch nicht einmal die Hälfte des
Weges geschafft, aber meinetwegen können wir eine
kleine Pause machen, sobald wir eine freie Stelle
finden."
Tatsächlich dauerte es auch nicht mehr lange, und sie
hatten eine kleine von Farnkraut überwucherte Lichtung
erreicht. Dort fanden sich mehrere Baumstümpfe, auf
denen sie sich ausruhen konnten.
"Du mußt ein bißchen trinken und essen", mahnte Sara
ihre Tochter, aber diese antwortete nicht, sie war,
kaum, daß sie sich auf einem der warmen
Baumstümpfe niedergelassen hatte, auch schon
eingeschlafen. Nach einer viel zu kurzen halben Stunde
weckte Sara Lila bereits wieder: "Wir müssen weiter,
Lila, sonst kommen wir nicht mehr vor Einbruch der
Dunkelheit zu Tante Killy."
Leicht schlaftrunken rappelte sich Lila wieder auf, und
sie setzten ihren Weg fort. Von nun an ging es wieder
leichter, weil hier das Unterholz fast vollständig fehlte,
so daß sie auch wieder die Flügel benutzen konnten.

Der Weg zeichnete sich ab hiereigentlich nur noch dadurch aus, daß er besonders langweilig war, so daß Lila - wohl allerdings auch deshalb, weil sie müde war - kaum etwas davon in ihrer Erinnerung behielt.

Endlich, als sich die Sonne schon wieder dem Horizont näherte und die Schatten der Bäume lang und länger wurden, lichtete sich der Wald, und sie flogen über eine steile Klippe hinab in ein wildes Bachtal.

"Wir haben es gleich geschafft", seufzte ihre Mutter, "noch ein paar hundert Meter".

Wie versprochen, öffnete sich das Tal schon bald, und die steilen Wände wichen sanfteren Hängen. Vor ihnen lag ein stiller See, an dessen Ufer eine herrliche Blumenwiese lag. Die sinkende Sonne tauchte alles in ein warmes, orangefarbenes Licht. Inmitten der Wiese, von rosafarbenen und dunkelroten Malven umgeben, lag die Hütte von Tante Killy. Es war eine vollständig mit Gras und Efeu überwucherte Rundhütte mit runden Fenstern und einer ovalen Tür, die weit offen stand. Auf dem Rasen vor der Tür stand eine gemütliche Bank, auf welcher Tante Killy saß und Brombeerwein trank.

"Tanteeee!" rief Lila, überglücklich, endlich den anstrengenden Weg hinter sich zu haben, und flog mit Schwung in deren Arme.

"Hallo, Lila, nicht so stürmisch, sonst fallen wir gleich beide von der Bank", lachte Killy und drückte ihre Nichte an sich.

"Hallo, Schwesterherz", rief sie Sara zu, die mittlerweile ebenfalls eingetrudelt war", du siehst ja ganz schön fertig aus! Setz dich und trink erst 'mal 'n Schluck. Willst du auch etwas, Lila? Natürlich keinen Wein, aber Himbeersaft oder Rosentau kannst du haben."

"Hallo, Killy", sagte Sara, als ihre Schwester kurz Luft holte, "ja, ich bin irgendwie schon ziemlich fertig. Ich glaube ich könnte jetzt wirklich ein Glas Wein vertragen."

"Wo ist Milla?" mischte sich Lila ein.

"Ach ja, die hockt wohl noch in ihrem Zimmer und liest. "Camilla!" schrie Killy so laut, daß Lila und Sara sich die Ohren zuhielten, "Lila ist da!"

Von drinnen war ein Aufschrei zu hören, gefolgt von einem Poltern, und schon kam Camilla aus der Tür geschossen. "Hey, Lil!" rief sie begeistert. "Milla!" Lila löste sich von Killy, und die beiden Mädchen fielen sich in die Arme.

Camilla, nur zweieinhalb Jahre älter als Lila, war schon fast einen Kopf größer als diese. Sie hatte langes dunkles Haar und, ebenso wie Lila, ein lebhaftes Temperament.

"Komm, wir geh'n auf mein Zimmer, du mußt mir erzählen, was alles so los war seit letztem Jahr!" Und, hast du's nicht gesehen, waren beide im Haus verschwunden. Die beiden Mütter nickten sich zu und lächelten.

"Ach, bin ich froh, daß du Lila eine Zeit lang bei dir aufnehmen willst, du weißt ja, wie schwierig es bei uns wird. Die Menschen bauen eine große Straße in unsere Richtung, und wir können nichts dagegen tun. Wir werden umziehen müssen. Während Lila bei dir ist, können wir uns nach einem geeigneten Platz umsehen. Ich denke, spätestens in vier bis sechs Wochen werden wir fort müssen."

"Ja, es ist schrecklich, es gibt kaum noch Gegenden, wo man ungestört ist. Und hat man so eine Gegend gefunden, so müssen ja auch noch die anderen Gefahren, die uns durch viele Tiere drohen, beseitigt werden; das wird eine schlimme Zeit. Aber du kannst Lila so lange hierlassen, wie du willst. Ich werd' schon achtgeben, daß es ihr an nichts fehlt und sie auch mit Milla zusammen unterrichten."

"Killy, ich weiß gar nicht, wie ich dir dafür danken soll!"

"Papperlapapp, das ist doch selbstverständlich, du würdest mit Sicherheit das Gleiche für mich tun. Also reden wir nicht mehr davon. Du kannst dich auch gern ein paar Tage hier ausruhen; Platz genug habe ich ja."

"Ach nein danke, es ist ja alles so furchtbar eilig; ich werde gleich morgen früh bei Sonnenaufgang zurückfliegen."

"Nun, wie du willst, ich schlage vor, wir essen jetzt zu Abend, und dann schläfst du dich erst einmal aus."

Killy betrat mit Sara die Hütte.

Innen war alles aus dunklem Holz. An den Balken hingen Strohblumen, und es herrschte im gesamten Haus eine gelinde Unordnung. Killy deckte geschwind den Tisch und ließ nicht zu, daß ihre Schwester ihr half. Sie bestand darauf, daß Sara sich für den morgigen Tag ausruhen müsse.

Nachdem sie mit den Kindern gegessen hatten, gingen sie zu Bett. Sara im Zimmer ihrer Schwester und Lila natürlich bei Camilla. Die beiden wollten sich noch bis weit in die Nacht unterhalten, doch schon nach fünf Minuten merkte Camilla an den gleichmäßigen Atemzügen, daß Lila ihr nicht mehr zuhörte bereits eingeschlafen war.

2

Als Lila am nächsten Morgen erwachte, schien die Sonne bereits grell durch die Vorhänge. Das in eine Wandhöhlung gebaute Bett von Camilla war leer. Also sprang Lila schnell aus dem ihren und lief in die Küche. Dort stand das Frühstück auf dem Tisch. Die Teller und Becher von Camilla und Killy waren schon benutzt, und es war niemand zu sehen. Darum machte sich Lila allein über das Frühstück her. Sie hatte einen Bärenhunger. Vier frische Brötchen mit Marmelade mußten daran glauben. Anschließend hüpfte sie vor die Tür, um nach den anderen Ausschau zu halten. Sie mußte nicht lange suchen, denn sie kamen gerade vom See herauf. Killy hatte einige kleine Fische gefangen, die es am Mittag geben sollte.

"Hallo, du Langschläfer", begrüßte ihre Tante sie lächelnd, "schon aufgestanden? Es gibt gleich Mittagessen!"

"Laß dich nicht veräppeln", warf Camilla ein, "es ist erst elf Uhr, und wir essen fast nie vor drei Uhr nachmittags."

Lila lachte, "ich hab' auch gerade erst vier Brötchen gegessen, ich könnte jetzt auf keinen Fall schon wieder 'was runterkriegen."

"Paßt mal auf, Kinder, die Küche mach' ich schon, ihr könnt ruhig erstmal zusammen die Gegend kennenlernen. Aber fliegt nicht zu weit weg, hier wird es in letzter Zeit auch immer gefährlicher. Ich wollte es deiner Mutter nicht sagen, damit sie sich nicht auch noch darüber die ganze Zeit Sorgen macht, aber es häufen sich die Gerüchte, daß es in der Nähe immer mehr Insekten geben soll, die mehr als die normale Größe haben. Also seid vorsichtig und haltet die Augen offen. Und Camilla, nicht so übermütig! Du brauchst vor Lila nicht anzugeben."

"Das tu' ich doch nie, Mama", rief Camilla empört, "du spinnst wohl!"

"Na, na...", erwiderte diese zweifelnd.

"Komm, Lil, wir hau'n ab", murmelte Camilla und beide liefen den Weg hinab zum Ufer.
Kopfschüttelnd blickte Killy hinter ihnen her, seufzte, und zog sich in die Küche zurück.
"Sag mal, Milla, wohnt ihr hier eigentlich ganz allein?"
"Nee, natürlich nicht, das wäre wohl viel zu gefährlich! Dort, in der nächsten Bucht, ist das Dorf. Da wohnen die anderen alle. Aber meine Mama mochte nicht den ganzen Tag diesen Klatsch und Tratsch um sich haben; darum haben wir unsere Hütte etwas abseits."
"Was ist das da hinten, da ganz in der Ferne eigentlich? Wenn man da hinguckt, denkt man irgendwie, man hätte einen blinden Fleck auf dem Auge."
"Das ist der Knochensumpf. Er heißt so, weil dort früher Menschen nach einem Edelstein, einem sagenhaften Rubin gesucht haben. Dabei sind etliche versunken und gestorben. Ihre Knochen soll man teilweise noch immer sehen können. Aber es ist für uns verboten, dorthin zu gehen oder zu fliegen. Irgendetwas lauert dort noch immer, denn ein paar Mal sind Elfen dort hineinge-flogen, um ebenfalls nach dem Riesenedelstein zu suchen, der auch noch besondere Kräfte haben soll, doch nur zwei sind nach erfolgloser Suche wieder hinausgekommen."
"Elf noch mal, das hört sich ja spannend an!" platzte es aus Lila heraus, "du, wenn wir da schon nicht 'rein dürfen, können wir da nicht wenigstens ein bißchen dichter heranfliegen, damit wir hineinschauen können?"
„Hm, na gut. Mama wird es schon nicht merken. Komm, wir müssen an das andere Ufer, damit die Dörfler uns nicht sehen, sonst erfährt Mama es doch noch."
Geschwind flogen sie dicht über das Wasser an das ent-fernte andere Seeufer, um dort im Schutz von Röhricht und Büschen in Richtung des Sumpfes abzubiegen.
Lilas Herz klopfte vor Aufregung; so spannende Sachen gab es bei ihr zu Hause nicht!
Zuerst schien es, als kämen sie dem über dem Sumpf hängenden Nebel überhaupt nicht näher. Aber so allmählich bemerkten sie, daß sich der Bewuchs des

Ufers veränderte. Wo zuerst noch blühende Wiesen hinter dem Schilfgürtel waren, wurden Birken häufiger, deren Wurzeln sich in den matschigen Untergrund gruben. Bald mehrten sich auch bräunliche Tümpel zwischen moosigen Buckeln, und immer mehr abgestorbene Bäume waren zu sehen.

Zahllose Mücken tanzten im Sonnenlicht über den brackigen Wassern.

"Laß uns bloß nicht anhalten!" entfuhr es Camilla, "das ist ja übel, die würden uns ruck zuck zerstechen, und wir sähen aus wie Streuselkuchen!"

Flink schwirrten sie weiter, während, von ihnen noch unbemerkt, die Scheibe der Sonne hinter den ersten dünnen Nebelschleiern immer blasser wurde.

"Milla, sieh nur dort! Was ist das? Dort hinten an dem Baumstumpf, da glänzt etwas!"

Tatsächlich war dort etwas Schimmerndes zu sehen, das ab und zu aufleuchtete, wenn sich ein Sonnenstrahl durch die Nebelschwaden verirrte.

Aufgeregt jagte Lila, gefolgt von Camilla, darauf zu. Doch als sie die Stelle erreichten, war die Enttäuschung groß: Was dort halb verborgen im Gras lag, war nur eine alte Glasscherbe.

Verärgert warf Lila diese hinaus in den Sumpf, wo sie ein schmatzendes Geräusch verursachte, dem ein dumpfes Gurgeln folgte.

"Ich glaube, wir sollten lieber umkehren", flüsterte Camilla beunruhigt.

Genau in diesem Moment kam ein leichter Wind auf. Als sie sich umdrehten, mußten sie feststellen, daß der Nebel sie rundherum eingeschlossen hatte. Auch die nebelfreie Stelle, an der sie sich befanden, wurde immer kleiner, wie eine Sandbank bei steigender Flut. Schnell waren sie ganz von feuchten Wolken umhüllt. Tautropfen setzten sich auf Haut und Flügeln ab. Es wurde empfindlich kühl. Die beiden Mädchen flogen los. Doch nach einer Weile sahen sie sich erschreckt in die Augen: Längst hätten sie den Rand des Sumpfes erreicht haben müssen. Sie mußten irgendwie durch den Nebel die Orientierung verloren haben. Auch von der Sonne war nun nichts mehr zu sehen, alles lag in einem diffusen, milchiggrauen Dämmerlicht, obwohl es doch erst kurz nach Mittag war.

"Was sollen wir denn jetzt machen?" fragte Lila und unterdrückte gerade noch einen Schluchzer, der sich mit Macht seinen Weg bahnen wollte.

"Ich weiß auch nicht so recht", erwiderte ihre Cousine, und auch in ihren Augen glitzerte es verdächtig. "Ich glaube, wir sollten langsam weiterfliegen und dabei eine möglichst gerade Linie einhalten, dann müßten wir doch irgendwann hier wieder herausfinden!"

Beide flogen nun dicht nebeneinander her, um sich nicht auch noch zu verlieren, und setzten ihren Weg voll banger Hoffnung fort.

"Tante Killy wird bestimmt sauer sein", sagte Lila, "wir werden niemals rechtzeitig zum Essen zurück sein."

"Das wäre gar nicht so schlimm, wegen so etwas schimpft Mama eigentlich nie. Daß ich dich hergebracht habe, obwohl ich es nicht durfte, DAS gibt Ärger!"

"Aber es war doch meine Schuld, ich hab' dich schließlich dazu überredet, das werde ich Killy auch sagen", versuchte Lila Camilla zu beruhigen, "doch erstmal müssen wir hier herauskommen."

Schweigend flogen sie durch den Nebel. Unheimlichen Wesen gleich, tauchten immer wieder die bizarren Schatten der toten Bäume aus dem Zwielicht. Ab und zu unterbrach ein leises Gurgeln und das Geräusch platzender Blasen die bedrückende Stille.

"Meine Flügel tun weh", klagte Lila, "ich brauch' mal 'ne kurze Pause."

"Mir geht es genauso, aber wo willst du denn landen, hier ist doch nur Schlamm und Wasser", entgegnete Camilla. "Da, dort liegt ein Ast, vielleicht können wir uns darauf ein wenig ausruhen", rief die Jüngere. Der von ihr angesprochene Ast, bedeckt mit braunen Moospolstern, ragte etwa zur Hälfte aus dem dunklen Wasser und sah eigentlich recht einladend und bequem aus.

Erleichtert ließen sie sich darauf nieder. Doch schon bei der ersten leichten Berührung zerbröselte das völlig vermoderte Holz, und die Mädchen fanden sich unversehens im knietiefen Wasser wieder.

"Huch, der Grund ist hier ja gar nicht so schlammig", sagte Camilla überrascht, "ich glaube, wir sollten einfach ein kleines Stück zu Fuß gehen, damit sich unsere Flügel erholen können."
Gesagt getan, wurde der Weg im Wasser fortgesetzt, welches nicht einmal so arg kalt war.
"Warte, Milla, ich muß mal!"
"O.k., ich warte dort drüben bei dem Ast, der so schräg ins Wasser hängt."
Während Lila sich hinter eine Baumruine zurückzog, ging Camilla langsam weiter.
Gerade, als sie den besagten Ast erreichte, sah sie aus den Augenwinkeln einen Schatten auf sich zuschnellen. Wie eine Schraubzwinge packte etwas ihren rechten Arm, während sie gerade noch etwas zu fassen bekam, das von links auf sie zuschoß. Gleichzeitig spürte sie einen stechenden Schmerz am Kopf. Entsetzt und gepeinigt schrie sie auf.
Lilas Herz krampfte sich zusammen, als sie den Schrei hörte. Voller Panik lief sie zu Camilla hinüber und blieb dann abrupt stehen.
Dort auf dem Ast hockte eine riesige Gottesanbeterin von gut und gern fünfundzwanzig Zentimetern Körperlänge und hatte Camilla mit ihren Greifern an den Armen und mit den Beißzangen am Kopf gepackt.
"Liiil, Mamaaa, Hilfe!" kreischte Camilla in höchster Not, während das Insekt sie mit ungeheurer Kraft aus dem Wasser hob.
Verzweifelt blickte Lila sich um, wie könnte sie Camilla bloß helfen?
Sie griff nach einem aus dem Wasser ragenden Stock, doch dieser zerbrach sofort. In diesem Moment traf ihr Fuß auf etwas Hartes; sie griff tief ins Wasser und bekam einen Stein von etwa dreifacher Faustgröße zu fassen. Schnell packte sie ihn mit beiden Händen, erhob

sich mit schmerzenden Flügeln in die Luft und raste auf das widerliche Biest zu. Das Insekt drehte den Kopf nach ihr und löste dabei ein wenig die Kiefer, die sich in Camillas Kopf verbissen hatten. Lila hob den Stein und schmetterte ihn mit aller Kraft auf eines der beiden riesigen Facettenaugen. Die Gottesanbeterin gab ein ekelhaftes Zischen von sich und ließ Camilla fallen, um mit den Greifarmen nach Lila zu schnappen. Diese jedoch hielt sich geschickt gerade so außer Reichweite der gefährlichen Gliedmaßen und lockte durch langsames Zurückweichen das Monster von Camilla fort, so daß diese genügend Zeit fand, sich zu berappeln und ebenfalls aus der Gefahrenzone zu bringen.

Glücklicherweise sind Gottesanbeterinnen keine schnellen Läufer oder gar Flieger; sie können nur blitzschnell Beute mit ihren Vorderbeinen aus dem Hinterhalt erwischen, sie aber nicht verfolgen, wenn so ein Versuch fehlschlägt. So gab auch diese bald auf und widmete sich ihrem verletzten Auge, während Lila zu Camilla flog.

Diese hockte im trüben Wasser und preßte ihre Hände auf den blutenden Kopf. An einem Arm waren dunkle Quetschungen zu sehen. Tränen liefen ihr über das Gesicht. "Danke, Lila", schluchzte sie, "wenn du nicht sofort gekommen wärst, wäre ich nun schon tot."

"Ich hatte Glück", sagte Lila, "wäre ich nicht ausgerechnet gerade da auf einen Stein getreten, wüßte ich nicht, was ich gegen dieses Viech hätte machen sollen. Laß mal deinen Kopf sehen, Milla!"

Vorsichtig zog sie Camillas Hände beiseite und mußte sich beherrschen, um nicht erschreckt aufzuschreien: An zwei Stellen war die Kopfhaut zwischen den Haaren von den Mandibeln des Tieres bis auf den Schädelknochen aufgeschnitten, zum Glück jedoch, ohne diesen zu verletzen, wozu die Kraft des Gebisses ohne weiteres gereicht hätte.

Die Wunde blutete noch immer stark, doch Lila oder auch Camilla hatten nichts bei sich, um die Verletzungen zu verbinden.

Camilla weinte leise vor sich hin. Lila legte den Arm um sie und half ihr auf.

"Wir müssen weiter, um etwas zum Verbinden für deinen Kopf zu finden und hier wegzukommen. Laß uns ein Stück fliegen, das geht schneller."

"Ich kann nicht fliegen, mein Kopf tut so schrecklich weh!" jammerte Camilla.

"Na gut, dann gehen wir eben langsam." Lila mußte sich zusammenreißen, um sich nicht immer wegzudrehen, sah das durch die Haare und über den Körper Camillas laufende Blut doch zu schrecklich aus. Sie fühlte sich so entsetzlich hilflos.

Nach relativ kurzer Zeit wurde das Wasser flacher, dann erhob sich plötzlich eine Insel vor ihnen aus dem Sumpf. Dankbar gingen sie an Land, wo Camilla sich erschöpft hinkauerte. Lila sah sich um. "Ich glaub, hier droht im Augenblick keine Gefahr. Ich geh mal 'n Stück 'rum und sehe, ob ich etwas für dich finden kann."

"Ja, mach nur", erwiderte Camilla, "aber bleib nicht lange weg, ich hab Angst hier so allein."

Lila erkundete - nun zu Fuß, damit sie nichts übersah - die nähere Umgebung.

Hier auf der Insel sahen die Bäume noch gesund aus, und der Boden war größtenteils mit Gras oder Moos bewachsen. Nach kurzer Suche entdeckte Lila mehrere Wegerichpflanzen, von denen sie etliche Blätter abpflückte. Dann rupfte sie noch einige lange, besonders kräftige Gräser ab und eilte zu Camilla zurück, die immer noch in der gleichen Haltung mit trüben Augen und zusammengekniffenen Lippen dahockte.

"Das kann jetzt etwas weh tun", kündigte Lila an, bevor sie die Wegerichblätter zwischen den Händen rieb und dann vorsichtig auf die Wunde legte.

"Aua, hör auf, das brennt ja wie die Hölle!" entsetzte sich Camilla.

"Das muß sein, sonst entzündet sich alles!" entschied Lila und band das Blätterpolster mit den Gräsern, die sie zuvor verflochten hatte, auf Camillas Kopf fest. "So, das müßte erst einmal gehen", sagte sie, einigermaßen

zufrieden mit ihrem Werk. "Nun sollten wir aber sehen, daß wir irgendwo einen Unterschlupf finden, ich habe das Gefühl, als würde es langsam dämmerig."
"Ich kann aber nicht mehr weiter, ich bin zu schlapp!"
"Komm schon, nur noch ein Stück, wir werden schon was finden, Milla!"
Mit gequältem Blick mühte Camilla sich auf und stolperte, von Lila gestützt, über den weichen Boden. Der wurde allmählich immer fester, und sie kamen einigermaßen gut voran. Der Nebel schien hier auch nicht mehr ganz so dicht, so daß sie ihre Umgebung recht gut erkennen konnten.
"Da, Lil, dort in dem Hügel, das scheint ein verlassener Tierbau zu sein. Vielleicht können wir dort die Nacht verbringen."
Halb unter Wurzeln verborgen, sah man dort den Eingang zu einer kleinen Höhle, die zumindest Trockenheit versprach. Vorsichtig schlüpften sie zwischen den herabhängenden Wurzeln hindurch und inspizierten die Höhle, soweit das in dem immer schwächer werdenden Licht noch möglich war.
"Hier war schon lange kein Tier mehr", erklärte Camilla, "es gibt keine frischen Spuren und man riecht auch nichts mehr."
"Na, dann bleiben wir doch hier", stimmte Lila zu, ging aber noch einmal hinaus, um rasch etwas Moos und Gras zu sammeln, damit sie nicht auf der Erde liegen mußten. Zu erschöpft, um Wache zu halten, kuschelten sie sich aneinander und waren nach den Aufregungen und Anstrengungen des Tages in kürzester Zeit eingeschlafen.

3

Als die Kinder in Richtung See verschwunden waren, drehte sich Killy um und ging in das Haus zurück. Die Küche sah aber wirklich schlimm aus! Nachdem sie abgeräumt und abgewaschen hatte, verschloß Killy die Hütte und ging ins Dorf, um noch ein paar Sachen zu besorgen. Zuerst ging sie zu Lomos, dem Gemüsehändler.
"Guten Tag, Lo !" grüßte sie im Hereinkommen.
"Hallo, Killy, ich habe schon gehört, deine Nichte ist zu Besuch, da brauchst du jetzt wohl mehr zu essen?"
"Aber sicher", bestätigte sie und grinste, "diese Mädchen fressen einem glatt die Haare vom Kopf."
"St immt es eigentlich, Killy, daß die Elfen vom Ullasee alle hierherziehen werden?"
"Wer hat denn das Gerücht verbreitet? Das war doch bestimmt wieder Inna, diese alte Schreckschraube! Da ist überhaupt nichts dran, Lo. Richtig ist, daß sie vom Ullasee wegwollen, beziehungsweise müssen und jetzt etwas Passendes suchen. Drum habe ich ja auch erstmal meine Nichte Lila bei mir, aber, daß sie hierher kommen, ist absoluter Blödsinn. Karmak, der Dorfälteste vom Ullasee, hat zu Sara gesagt, daß sie sich weiter im Norden niederlassen wollen, vielleicht im Kartal, südlich der alten Ruinenstadt."
"Oh, oh!" machte Lomos, "dort soll es aber unheimlich zugehen und spuken."
"Du glaubst aber auch wohl alles, was man dir erzählt, Lo! Ich denke, daß es keine allzu schlechte Wahl wäre. Nun aber genug davon, ich muß zusehen, daß ich alles erledigt kriege; ich habe den Kindern gesagt, daß es um drei Essen gibt."
"Was brauchst du denn alles, Killy?"
"Gib mir mal zwei Kartoffeln, aber nicht so große, sonst kann ich sie nicht nach Hause schleppen; und dann brauche ich noch Pfeffer und Sonnenblumenöl."
Als Lomos alles in einen Beutel gepackt und Killy einen schönen Tag gewünscht hatte, lief sie, denn zum Fliegen waren die Einkäufe zu schwer, nach Hause.

Dort angekommen, schälte sie als erstes die Kartoffeln und setzte sie auf, dann nahm sie die am Morgen gefangenen Stichlinge, setzte sich vor die Hütte an den Tisch und fing an, die Fische zu putzen und auszunehmen.

"Hm", dachte Killy mit einem Blick auf den Sonnenstand, "so allmählich könnten die Mädels auch mal wieder eintrudeln. Na ja, vielleicht haben sie übers Spiel die Zeit vergessen. Ist ja nicht so schlimm, schließlich bin ich mit dem Essen auch noch nicht fertig."

Eine knappe Stunde später, Kartoffeln und Soße waren fertig, der Fisch gebraten, und es duftete köstlich, war von den Mädchen noch immer weit und breit nichts zu sehen. Killy begann sich nun langsam doch Sorgen zu machen, obwohl sie eigentlich der Überzeugung war, daß Camilla schon recht verantwortungsbewußt und vorsichtig war.

Als die Kinder am späteren Nachmittag immer noch nicht zurück waren und sie bereits alle ihr bekannten Plätze, an denen Camilla sich sonst aufzuhalten pflegte, erfolglos abgesucht hatte, begab sie sich schweren Herzens erneut ins Dorf. Diesmal allerdings nicht zu Lomos, der war jetzt nicht der Richtige, sondern zu Histran, dem Dorfoberen.

Der wohnte in einem stattlichen Baumpalast, hoch über dem übrigen Dorf. Sie flog zum Haupteingang hinauf und klopfte. Sofort ertönte die tiefe Stimme Histrans: "Herein, herein, wer auch immer es sein mag!"

Sie öffnete die schwere Tür, und trat in den großen Empfangssaal, an dessen anderem Ende Histran an einem Schreibtisch saß und in einem Buch las.

"Welch seltener Besuch, was führt dich zu mir, Killy?" Histran war eine für Elfen stattliche Erscheinung: Über dreiundzwanzig Zentimeter groß, mit breiten Schultern und blonden Haaren über einem kantigen Gesicht. Er hatte besonders große, blauschillernde Flügel und wurde von jedem im Dorf wegen seiner Sachkenntnis, Fairneß und seines Durchsetzungsvermögens geachtet. Nun erhob er sich aus dem Sessel und kam auf Killy zu.

"Guten Tag, Meister Histran, es tut mir leid, dich zu stören, aber ich mache mir große Sorgen."

"Nun", sagte er, "so setz dich, und erzähl, was dich bedrückt!"

Gemeinsam nahmen sie auf einer Bank Platz, und Histran legte beruhigend seine Hand auf ihre Schulter.

"Ich habe", begann Killy, "ich habe seit gestern meine Nichte Lila zu Besuch. Heute morgen sind die Kinder, also Lila und meine Camilla, zum Spielen losgezogen und wollten gegen drei zum Essen zurück sein. Aber sie kamen nicht; ich habe schon alles abgesucht, wovon ich glaubte, daß sie dort sein könnten, aber sie sind nirgends zu finden. Nun mache ich mir große Sorgen, daß etwas Schreckliches passiert sein könnte."

Die letzten Worte bekam sie schon kaum noch heraus, so schnürte ihr die Angst die Kehle zu.

"Jetzt denke nicht gleich das Schlimmste, Killy, ich werde sofort einen Suchtrupp zusammenstellen, wir werden sie bestimmt finden. Du bleibst hier, und meine Haushälterin wird dir erst einmal einen Beruhigungstee machen."

"Nein, nein, ich kann jetzt hier nicht einfach nur so herumsitzen, das kann ich nicht ertragen. Ich werde mitkommen, das bin ich auch den Kindern und meiner Schwester schuldig!"

"Wie du willst, Killy, dann laß uns gehen."

Draußen läutete er die große Dorfglocke. Ihr durchdringender Ton hallte weit über das Land. Sofort nach dem Alarmsignal kamen fast alle Dorfbewohner angerannt oder geflogen und versammelten sich unterhalb des Rathausbalkones.

Histran informierte sie kurz, um was es ging, und rief die Männer auf, Freiwillige zu melden, die mitkommen wollten.

Auf der Stelle hoben sich nahezu alle Arme.

"Das hatte ich erwartet", sagte Histran, stolz auf seine Männer, "aber einige müssen natürlich auch zum Schutz des Dorfes hier bleiben."

So wählte er sechzehn Männer aus, die losliefen, um Pfeil und Bogen oder Lanzen und Messer zu holen.

Als sie wieder zurückkamen, faßte Killy kurz zusammen, wo sie schon gesucht hatte, dann flogen sie los. Zuerst zu den Klippen, es bestand ja eventuell die Möglichkeit, daß sie sich dort beim Herumklettern verletzt haben könnten. Danach zu den Sandkuhlen, wo es etliche Treibsandfelder gab. Jedoch war es unwahrscheinlich, daß hier etwas hätte passieren können, da die Mädchen gute Flieger waren und sicher nicht die Leichtsinnigkeit besaßen, beide gleichzeitig auf Treibsand zu landen.

Auch hier waren keinerlei Spuren zu finden, die darauf hindeuteten, daß die Kinder hier gewesen waren. Mittlerweile hatte die Sonne den Horizont erreicht, und es wurde rasch dunkler.

"Was, wenn sie in die großen Höhlen geflogen sind und sich in dem Labyrinth verirrt haben?" fragte Bregard, ein junger, schlanker Elf mit blonden langen Haaren.

"Ich glaube das nicht", überlegte Killy, "denn Camilla wollte um drei zum Essen zurück sein, und sie weiß, daß der Weg zu den Höhlen viel zu weit ist, um in der Zeit auch nur hin- und zurückzugelangen."

"Und wenn sie in den Knochensumpf sind?" ertönte die quäkige Stimme Meanmars, des Korbflechters.

Bedrücktes Schweigen ringsum. Erschreckt blickte Killy in die sorgenvollen Gesichter der anderen. Jeder hatte schon von Unheimlichem gehört, das dort angeblich umgehen sollte, aber seit vielen Jahren hatten sie die Gegend gemieden.

"Aber, aber ..., das würden sie doch bestimmt nicht tun", flüsterte Killy verzweifelt; aber wenn doch ... ?

"Seht, in der Dunkelheit können wir dort nicht hin, wir würden sie so dort auch gar nicht finden können", stellte Histran fest. "Morgen früh, bei Tagesanbruch, können wir den Versuch wagen und zumindest nach Spuren suchen."

"Aber, wenn sie wirklich dort drin sind, können wir sie doch nicht die ganze Nacht allein lassen!" entrüstete sich Killy.

"Es wird uns nichts anderes übrigbleiben", widersprach Histran, "wir werden morgen früh so zeitig losfliegen, daß wir die Sumpfgrenze bei Sonnenaufgang erreichen. Wir werden zuerst die Westseite absuchen, denn, wenn sie von Osten zum Sumpf kommen wollten, hätten sie durch das Dorf oder in der Nähe vorbeigemußt. Dort wären sie bestimmt bemerkt worden."

Schweren Herzens machten sie sich auf den Rückweg. Nach einer schlaflosen Nacht ging es früh morgens, noch im Dunkeln, wieder los. Histran hatte befohlen, viele lange Leinen mitzunehmen, damit sie sich, falls sie in den Sumpf würden eindringen müssen, nicht verirrten. Noch bevor die Sonne aufging, hatten sie die Sumpfgrenze erreicht und begannen, trotz des noch spärlichen Lichtes, mit der Suche. Zwei Stunden später hatten sie die schreckliche Gewißheit; nachdem sich schon mehrmals an Leinen gesicherte Elfen über die Nebelgrenze gewagt hatten, kamen die Rufe: "Wir haben Spuren gefunden, hierher, hierher!"

Sie sammelten sich an der Stelle, wo Tags zuvor Lila die Scherbe gefunden hatte.

"Hier sind die Fußspuren der zwei Mädchen!"

Es war Bregard, der blonde Jüngling, der sie entdeckt hatte.

"Dort haben sie gestanden und sind hin- und hergelaufen. Dann aber müssen sie geflogen sein, denn weiter gibt es keine Spuren", folgerte Histran.

"Sie würden doch nicht weiter in den Sumpf fliegen, dazu hätten sie vielzuviel Angst!" protestierte Killy.

"Ja, wohl nicht absichtlich, aber wenn der Nebel sich weiter ausdehnt - und das ist abends oft der Fall - kann es sein, daß sie den Rückweg nicht gefunden haben."

"Wir müssen sie finden!" rief Killy, "laßt uns losfliegen!"

"Halt, halt!" unterbrach Histran, "wir gehen nur so weit wie die Leinen es erlauben. Währenddessen wird eine andere Gruppe das Moor umfliegen und dort nach den Mädchen oder Spuren von ihnen suchen, auch wenn das eine langwierige Aufgabe ist. Und ihr", bestimmte Histran vier Elfen, "sorgt für Nachschub an Essen und Geträn-ken! Und nun los!"

An den langen Leinen gesichert, flogen sie ab, auf die wenig hoffnungsvolle Suche.

4

Als Lila erwachte, war es schon länger hell. Die Sonne schien durch das Wurzelwerk in den Höhleneingang. Offensichtlich hatten sich die Nebel aufgelöst. Camilla wälzte sich stöhnend und mit Schweiß auf der Stirn von einer Seite auf die andere und zuckte oft zusammen. Wahrscheinlich wurde sie von Alpträumen geplagt. Lila streckte vorsichtig den Kopf aus der Höhle und mußte feststellen, daß die Hoffnung sie getrogen hatte: Die Sonne beschien nur eine kleine Fläche, jenseits derer der Nebel nach wie vor undurchdringlich hing. Enttäuscht hockte sie sich vor die Höhle, um sich wenigsten etwas von der Sonne wärmen zu lassen. Irgendetwas stimmte hier nicht. Aber Lila konnte zunächst nicht ausmachen, um was es sich handelte, bis es ihr plötzlich auffiel: Kein Geräusch drang an ihr Ohr! Kein Rascheln von Tieren, kein Zwitschern von Vögeln, einfach nichts! Beunruhigt stand sie auf und blickte in die Runde. Aber außer den sie umgebenden Birken, die im Hintergrund im Nebel verschwammen, war nichts Ungewöhnliches zu entdecken. Langsam schlenderte sie auf der nebelfreien Fläche herum, in der Hoffnung, etwas zu essen oder zu trinken zu finden. Aber außer etwas Wasser, das sich von niedergeschlagenem Nebel auf Blättern abgesetzt hatte, gab es nichts. Sie leckte den Tau von etlichen der Blätter, um wenigstens den ärgsten Durst zu stillen. Dann nahm sie ein größeres Blatt, formte es zu einem Kelch und ließ die Tautropfen vieler anderer Blätter und Gräser hineinlaufen. Damit kehrte sie in die Höhle zurück. Camilla lag dort nun etwas entspannter. Sie hatte soeben ihre Augen halb geöffnet. "Hi, Milla, wie geht's deinem Kopf? Ich hab dir etwas zu trinken mitgebracht. Komm, ich helf' dir hoch." "Die Wunde brennt, und meine Arme tun scheußlich weh", sagte Camilla und verzog das Gesicht, als sie sich mit Lilas Hilfe aufsetzte. "Oh, nein! Wie sehen meine

Haare aus! Alles verfilzt und mit Blut verklebt. Wie soll ich das bloß je wieder rauskriegen, ohne die Haare abzuschneiden?!"
Lila blickte sie mitfühlend an und reichte ihr das Blatt mit dem Wasser. Dankbar trank Camilla in großen Schlucken. "Puh, jetzt fühle ich mich schon ein bißchen besser. He, die Sonne scheint ja, ist der Nebel weg ?"
"Leider nicht, es ist nur ein kleiner Fleck hier. Der Nebel scheint ansonsten genauso schlimm zu sein wie gestern. Ich glaube auch, daß er sich in diesem Sumpf wohl nie auflöst."
Camilla seufzte, "wenn ich doch nur eine Idee hätte, wie wir hier wieder herauskämen! Aber mir will nichts einfallen."
"Donner noch mal, sind wir blöd!" rief Lila plötzlich, "wozu können wir denn fliegen? Wir brauchen doch nur nach oben aus dem Nebel herauszufliegen, um zu sehen, wo der Sumpf aufhört!"
"Das kann ja wohl nicht wahr sein, wieso bin ich nicht auch darauf gekommen!" ereiferte sich Camilla, "laß uns sofort nachschauen."
Sie krochen aus der Höhle, dehnten und streckten sich einen Augenblick und starteten. Schnell gewannen sie an Höhe, aber als könne der Nebel ihre Gedanken lesen, schien er sich im selben Tempo nach oben auszubreiten, wie sie flogen. Je mehr sie sich beeilten, desto so dichter wurde die Wolkenmasse um sie herum. Dazu kam auch noch ein böiger Wind auf, der an ihren zarten Flügeln zerrte und sie wild umherwarf.
"Es hat keinen Zweck, wir müssen hinunter, sonst stürzen wir ab", keuchte Camilla.
Langsam kämpften sie sich wieder nach unten, und je mehr sie an Höhe verloren, desto ruhiger wurde die Luft. Als sie unten ankamen, lichteten sich oben bereits die dichtesten Nebel wieder.
"Das gibt's doch gar nicht!" schrie Lila empört, "das ist doch Zauberei!" Auch Camilla blickte zornig und ungläubig drein: "Es ist, als wolle uns jemand bewußt gefangen halten, ich versteh das nicht."

"Vielleicht sollten wir erst einmal diese Insel erkunden", meinte Lila, "möglicherweise finden wir doch noch etwas, das uns hilft, hier herauszukommen, oder wir finden wenigstens etwas zu essen." Also gingen die beiden daran, die Insel zu untersuchen. Wenig später hatten sie festgestellt, daß diese bei weitem größer war, als sie zuerst angenommen hatten. Aufgeregt stieß Camilla Lila an: "Sieh mal, Lil, hier unter dem hohen Gras scheint ein Weg zu sein!" Tatsächlich konnte Lila, als sie genau hinsah, regelmäßig zusammengefügte Steine erkennen, die, wenn man ihnen mit dem Blick folgte, einen Weg oder eine Straße bildeten, deren Verlauf an der dürftigeren Vegetation darauf erkennbar war.

"Laß uns sehen, wohin sie führt", rief Camilla, und vor lauter Aufregung vergaßen sie vorläufig die mißliche Situation, in der sie sich just befanden.

Zuerst war die Straße noch schwer zu erkennen; oft lagen tote Bäume quer darüber, oder Buschwerk wucherte darauf. Doch je weiter sie kamen, desto besser erkennbar wurde sie. Hier waren die Steine kunstvoll derart ineinandergefügt, daß lediglich Blätter darauf lagen und das Gras nur dort wuchs, wo Sand oder Erde auf den Weg geweht war. Mittlerweile erhoben sich neben dem Weg immer häufiger erst kleine, dann größere Hügel, deren Hänge dicht mit Brombeergestrüpp bewachsen waren. Hier und da war auch schon einmal eine reife Beere daran, so daß die Elfenmädchen allmählich ihren gröbsten Hunger stillen konnten. Nun wurde die Straße zu einem Hohlweg, dessen Seiten immer höher anstiegen.

"Ob wir vielleicht schon aus dem Sumpf heraus sind? Möglicherweise ist dies ja gar keine Insel", mutmaßte Lila, nachdem sie nun schon über eine Stunde der sich durch die Hügel windenden Straße gefolgt waren.

"Schön wär's", erwiderte Camilla, "aber ich befürchte, daß dem nicht so ist, denn es ist nach wie vor genau so nebelig, und außerdem hätte sonst diese Straße auch bekannt sein müssen, da man ja um diesen Sumpf, so groß er auch ist, herumfliegen kann, auch wenn man dafür mehrere Tage braucht."

Unerwartet kam aus dem milchigen Grau eine Wegkreuzung in Sicht. Deutlich war zu sehen, daß ab hier die Straße saubergehalten wurde, ebenso wie einer der abzweigenden Wege, wohingegen der andere so zugewuchert war, daß er nur dank der Kreuzung erahnt werden konnte.

"Welchem Weg folgen wir nun?" fragte Lila.

"Ich denke, wir bleiben auf 'unserer' Straße, weil hier die Wahrscheinlichkeit größer ist, an irgend einen vernünftigen Ort zu kommen", urteilte Camilla.

Sie waren dem Verlauf der Straße noch nicht viel weiter gefolgt, als sie gedämpfte, klickende und scharrende Geräusche vernahmen.

"Wir sollten uns lieber verstecken", sagte Lila ängstlich, "wer weiß, was das ist, irgendwie jagt mir dieses Geräusch einen kalten Schauer über den Rücken."

"Mir geht es genauso", stimmte Camilla zu, und sie sahen sich nach einem geeigneten Versteck um. Leider war das Dornengestrüpp so dicht, daß ein Eindringen unmöglich war. Einfach nach oben in den Nebel fliegen wollten sie auch nicht, weil sie dann nicht sehen konnten, wer oder was diese Straße wohl benutzte. Zudem befürchteten sie, dort oben wieder von den Winden gepackt und fortgeweht zu werden. Dann hätten sie die Straße womöglich nicht wiedergefunden. Also flogen sie von dem Geräusch fort die Straße entlang und hielten die Augen nach einem Versteck offen.

"Da!" rief Lila, "vielleicht können wir dort hinein!" Sie zeigte auf eine Stelle, wo neben der Straße eine Abflußrinne gemauert war, die in einen Gully mündete. Aus dem Dickicht lief dort ein kleiner, eisenbrauner Bach heraus. Da, wo dieser das Dickicht verließ, gab es eine Öffnung in den Büschen. Hier hinein zwängten sich die beiden. Es ging so gerade eben, obwohl sie sich Haut und Flügel zerkratzten und Camilla nur mit Mühe einen Schmerzensschrei unterdrücken konnte, als sie mit ihrem gequetschten Arm gegen einen Dornenast stieß. Dann hockten beide da und warteten mit klopfenden Herzen, was sich dort wohl nähern mochte. Schon nach kurzer Zeit war das Geräusch wieder zu hören und wurde rasch lauter. Eine Reihe dunkler Schatten tauchte aus dem Nebel auf. Die Mädchen hielten erschreckt die Luft an. Es waren sechs riesige Ameisen, jede in etwa so groß wie Camilla. Sie trugen merkwürdig geformte, fest verschnürte Bündel in ihren Mandibeln. Die vorderste Ameise hielt plötzlich inne, als sie in etwa auf Höhe der Elfen war. Die langen Fühler zitterten, und sie drehte unruhig den Kopf hin und her, als wittere sie. Den Kindern setzte fast der Herzschlag aus. Dann drehte sich das Insekt um und 'besprach' sich anscheinend mit der folgenden Ameise, indem sie einander mit den Fühlern 'betrillerten'. Die zweite Ameise wirkte nicht unruhig und konnte offenbar die vordere beruhigen, jedenfalls drehte sich diese wieder in die alte Richtung und die ganze Kolonne marschierte weiter.

Noch lange nachdem sie weg waren, saßen Lila und Camilla zitternd in dem Gebüsch.

"Ich wäre vor Angst beinahe gestorben, als sie angehalten haben", gestand Lila.

"Was haben die da wohl getragen? Das sah ja nicht gerade so aus, als sei die Verschnürung der Pakete ein Werk von Ameisen", überlegte derweil Camilla.

"Stimmt Milla, jetzt, wo du es sagst, fällt es mir auch auf. Von wem, oder für wen das wohl ist, und was es überhaupt ist. Und wer kann Ameisen für sich arbeiten lassen?"

"Keine Ahnung. Komm, wir wollen ihnen vorsichtig folgen!"

"Nein Milla, nicht, ich hab Angst!"

"Aber was willst du denn? Hier hocken bleiben können wir auch nicht bis in alle Ewigkeit und zurück in den Sumpf?! Das bringt doch auch nichts."

"Wir können doch auch den anderen Weg versuchen", meinte Lila und schüttelte sich nochmal in Gedanken an die Riesenameisen.

"Lila, denk doch mal nach! Was meinst du wohl, wo die Viecher herkamen? Nicht aus unserer Richtung, und aus dem total zugewucherten Weg auch nicht. Also müssen sie aus dem Weg gekommen sein, den du jetzt nehmen willst. Dort können wir solchen Kreaturen aber genausogut begegnen, hier wissen wir wenigstens jetzt, was wir vor uns haben."

"Na gut, versuchen wir es", stimmte Lila, nicht so ganz überzeugt zu, "aber laß uns ja vorsichtig sein: Wenn uns eine von denen fängt ..., gegen die kommen wir nicht an!" "Stimmt", sagte Camilla schaudernd, voll unangenehmer Erinnerung ihren geschundenen Kopf und die Arme betastend. Sie schlüpften wieder aus den Büschen auf die Straße und folgten ihr vorsichtig. An den Seiten tauchten jetzt häufiger große Felsen auf, und zwischen die Büsche mischten sich neben Birken immer mehr hochstämmige Kiefern. Unvermutet wichen jetzt die Seitenwände des Weges und ein großer offener Talkessel breitete sich vor ihnen aus, in dessen Mitte sich ein pyramidenförmiger, teilweise von Bäumen und Schlinggewächsen überwucherter Bau von imposanter Größe erhob. Mehrere Wege, der Straße ähnlich, die sie gekommen waren, liefen, von grotesken, aus dunklem Stein gehauenen Statuen gesäumt, sternförmig darauf zu. Immer wieder konnten sie Kolonnen von Ameisen ausmachen, die jenen glichen, welche sie vorhin gesehen hatten, die in die Pyramide durch niedrige seitliche Tunelöffnungen hinein- oder hinauskrabbelten.

Nachdem Lila und Camilla einen Augenblick starr vor Staunen verharrt hatten, kamen sie wieder zu sich, als ein dumpfes Dröhnen erscholl.

Langsam öffneten sich die gewaltigen Türen des steinernen Hauptportals, zwischen denen in gelbes Licht getauchte Dampfschwaden entströmten.

"Schnell weg hier, da oben hin, auf eine der Kiefern!"

Wie der Blitz verschwanden sie zwischen den höhergelegenen Kiefernästen und versteckten sich hinter den dicken Stämmen. Lila lugte behutsam hinter dem Baum hervor, welcher sie verbarg.

Die Tore hatten sich nun vollständig geöffnet, und vor dem hellen Licht dahinter war die dunkle Silhouette eines Menschen zu sehen, der wachsam seinen Blick durch das Tal schweifen ließ. Als er seinen Kopf in Richtung der Kiefern wandte, zog sich Lila ganz hinter den Stamm zurück und legte die Flügel an, damit sie nicht am Baum vorbei zu sehen waren. So wartete sie eine Zeitlang, bis sie meinte, wieder einen Blick riskieren zu können.

Der Mann war verschwunden, das Portal wieder geschlossen. Erleichtert wollte Lila den Baum verlassen, doch oh Schreck, es ging nicht! Irgendetwas hielt ihre Flügel fest. Voller Panik blickte sie hinter sich: Einer ihrer Flügel klebte in einem dicken Harztropfen an der Baumrinde. Wie sollte sie wieder freikommen? Sie war nicht in der Lage, sich zu drehen, und ihre Arme waren auch nicht lang genug, um bis an die Flügelspitze zu reichen. Jetzt hörte sie zu allem Überfluß auch noch ein häßliches Kratzen an der Baumrinde. Ein Blick nach unten genügte: Mehrere der monströsen Ameisen näherten sich ihr in flottem Tempo.

"Camilla!" schrie sie und versuchte verzweifelt, sich loszureißen. In diesem Moment kam Camilla herbeigeschwebt und schlug bei dem sich ihr bietenden Anblick entsetzt die Hände vor das Gesicht. Denn jetzt hatten die Ameisen Lila erreicht, packten sie an Armen und Beinen und zerrten sie gewaltsam aus dem klebrigen Baumsaft.

Lila strampelte, schrie und schlug um sich, aber es half alles nichts; sie wurde von den Insekten nach unten geschleppt und in Richtung Pyramide gebracht.

Camilla, die sofort einsah, daß sie jetzt gar nichts machen konnte, jagte davon und versteckte sich erneut, um nicht ebenfalls in Gefangenschaft zu geraten, denn dann wäre niemand mehr da, der von ihrem Schicksal wüßte und helfen konnte. So verfolgte sie den Abtransport Lilas aus sicherer Entfernung und sah, daß diese durch eine der kleineren Öffnungen in das Innere der Pyramide geschafft wurde.

5

Schon über viele Stunden befand sich nun der Suchtrupp im Sumpf, und obwohl mehrere Richtungen so weit untersucht worden waren, wie die Leinen reichten - das waren immerhin ein paar hundert Meter – hatte man nicht die kleinsten Anzeichen gefunden, daß man sich auf der Spur der Kinder befand.

"Ich glaube, es hat keinen Zweck mehr", erklärte Histran bedrückt, "wir haben nahezu alle Gebiete untersucht, welche ohne absolute Lebensgefahr zu erreichen sind, und können nur noch hoffen, daß die Mädchen doch bereits wieder aus dem Sumpf heraus sind. Vielleicht hat die andere Gruppe sie ja gefunden."

Killy standen die Tränen in den Augen, aber sie sagte nichts; es hatte keinen Zweck, Histran zu widersprechen. Gerade, als sie sich umdrehte, um den anderen zu folgen, hörte sie Meanmars aufgeregt quäkende Stimme: "Ich hab' was gefunden Meister, kommt her!"

Schnell eilten sie alle zu dem Rufenden. Dort, auf einem schräg ins Wasser ragenden Ast, sah man deutliche Blutspuren sowie einige lange dunkle Haare, die in den Blutresten klebten.

Killy spürte, wie ihre Knie unter ihrem Körper nachgaben, und sie drohte in Ohnmacht zu fallen, als sie sich plötzlich mit festem Griff unter den Armen gehalten fühlte. Mit tränenverschleierten Augen erblickte sie Histran neben sich, der ebenfalls ein erschüttertes Gesicht zeigte. Bregard rannen Tränen über das bleiche Gesicht, und Killy ahnte trotz allen Schreckens, daß der junge Elf wohl mehr für Camilla empfunden haben dürfte, als sie bisher gedacht hatte.

Nach einer bitteren Minute des Schweigens begannen die Männer mit den Lanzenschäften das Wasser abzusuchen, ob sie die Körper der Mädchen finden könnten. Plötzlich schrie einer der Elfen auf. Blitzartig waren die Greifarme einer riesigen Gottesanbeterin aus dem Hinterhalt auf ihn zugeschossen. Doch er hatte, halb ausweichend, die gefährliche Umklammerung mit der Lanze abwehren können. Nun stürzten auch die anderen herbei und nach einem kurzen, ungleichen Kampf war das Insekt getötet. Ungläubig musterten die Elfen das außergewöhnlich riesige Tier.

"So etwas habe ich noch nie gesehen", gestand Histran, "sie ist ja mindestens dreimal so groß wie alle, die ich bislang kannte! Hat sie dich stark verletzt, Jondras?"

"Nein, überhaupt nicht, Meister, ich konnte sie noch rechtzeitig abwehren."

"Ich fürchte, wir wissen nun um das grausige Schicksal der beiden Mädchen", entfuhr es Meanmar.

Diesmal fiel Killy endgültig in Ohnmacht, während Bregard die Hände vor das Gesicht schlug.

"Wir müssen uns Gewißheit verschaffen; sucht ihr weiter das Wasser ab! Meanmar und ich werden das Tier öffnen und seinen Magen untersuchen, um ganz sicher zu sein", ordnete Histran an.

"Sieh mal, zumindest haben sie sich heftig gewehrt", sagte Meanmar und deutete auf das eingeschlagene Auge. Histran nickte. Schon kurz darauf war klar: Das Tier hatte schon über einen längeren Zeitraum nicht gefressen. Das hieß, daß Lila und Camilla, wenngleich vermutlich verletzt, doch entkommen waren, denn sonst hätte nichts das Insekt davon abhalten können, sich an ihren Körpern gütlich zu tun. Als Killy erwachte und man ihr diese Schlußfolgerungen vortrug, keimte wieder ein klein wenig Hoffnung bei ihr auf. Aber zugleich wurde ihr klar, daß sie ja nicht weiter in den Sumpf würden eindringen können. Der Nebel war jetzt gegen Abend wieder so dicht, daß man höchstens drei Meter weit sehen konnte. Demzufolge entschieden sie sich vorerst zum Rückzug. Der Kadaver des Tieres wurde vorsichtshalber für weitere Untersuchungen - allein schon wegen der unnatürlichen Größe – mitgenommen.

So zogen sie niedergeschlagen zurück ins Dorf, wo sie sich zusammensetzten und versuchten, einander gegenseitig Mut zuzusprechen. Vielleicht hatte ja die andere Gruppe ein Lebenszeichen, oder die Mädchen selbst gefunden.

6

Lila wurde heftig durchgeschüttelt, als sie zwischen den Ameisen hängend zur Pyramide geschleift wurde. Der Griff der Beißzangen schmerzte enorm, und immer wieder stießen chitinharte Beingelenke gegen ihren Kopf. Sie wimmerte leise vor sich hin, als es auf einmal dunkel um sie wurde. Die Ameisen hatten die Pyramide erreicht, und sie wurde nun durch eine der kleinen Öffnungen geschoben und gezogen. Später bugsierten die Tiere sie rücksichtslos durch einen engen Tunnel, an dessen Wänden Schimmelpilze ein schwaches grünliches Glimmen von sich gaben. Dann kamen sie abrupt in einen Raum mit gleißender Helligkeit. Lila schloß geblendet die Augen. Sie fühlte, wie die Ameisen sie losließen und öffnete, vorsichtig ins Licht blinzelnd, die Lider. Es war nun auch nicht mehr gar so hell. Vor sich sah sie ein Feuer, welches vermutlich eben aufgelodert war und sie so geblendet hatte. Auf dem Feuer stand ein großer eiserner Topf, aus dem leuchtende Blasen aufstiegen und zerplatzten. Lila lag auf einem breiten Brett an der Wand, in die ein kleiner Durchgang führte. Dort hindurch hatten die Ameisen sie vermutlich gebracht. Gerade wollte sie sich umdrehen und aufsetzen, als sie sich von etwas Schwerem erneut niedergedrückt fühlte.

"Halt, halt", hörte sie eine unangenehme, kalte Stimme dröhnen, "nicht so eilig!"

Dann fühlte sie, wie ihr auf dem Rücken die Flügel zusammengedrückt und gebunden wurden. Danach klickte etwas um ihre Hand- und Fußgelenke. Sie hörte noch zwei Hammerschläge, dann Rascheln und sich entfernende Schritte.

Lila richtete sich auf die Knie auf und sah sich um. An den Wänden waren Regale mit Gläsern und Flaschen, zwischen denen Kräuterbündel lagen. Es roch scharf und streng. In der Nähe des Tisches, auf dem sie nun kniete, stand ein großer, schlanker Mann. Ein dünner, weißer Bart hing von Oberlippe und Kinn, während der Kopf nahezu kahl war. Unter buschigen Brauen blickten

35

stechende Augen hervor; ein grausamer Zug spielte um seine Lippen. Gekleidet war er in ein langes, dunkles Gewand, welches ziemlich schmutzig wirkte. Er rührte mit einem langen Holzlöffel in dem Topf, den Lila vorher schon gesehen hatte und murmelte unverständliche Worte vor sich hin. Auf etlichen der in den Regalen stehenden Gläsern und Flaschen waren Giftzeichen angebracht, in vielen anderen waren Lebewesen, oder deren Organe, in Konservierungsflüssigkeit eingelegt. Über allem lag Staub und hingen Spinnweben. Ihre Flügel, so sah sie jetzt, waren mit Klebeband umwikkelt, Hand- und Fußgelenke steckten in messingfarbenen Klammern, die mit einer Kette verbunden waren. Eine weitere Kette führte von der Fußklammer zu einem Ring, durch den der Mann einen dicken Nagel geschlagen hatte - sie war absolut hilflos.

Der Mensch ließ jetzt den Löffel fahren und wandte sich ihr wieder zu.

"Ja, was haben wir denn da bekommen? Eine Elfe, eine echte, lebende Elfe! Ts, ts, wenn das kein Glücksfall ist! Schließlich läßt sich das Serum, das ich zu brauen gedenke, nur mit absolut frischen Stammzellen von Elfen vollenden. Ich wußte doch, daß es noch Elfen geben muß, aber ausgerechnet jetzt und hier, fast unglaublich!"

Gierig betrachtete er Lila, die sich hingehockt hatte und zitternd den entsetzlichen Worten lauschte.

"So wisse denn, du unwürdige Kreatur, daß du die Ehre hast, dem Magier Urkalan durch dein Opfer zu höchstem Ruhme zu verhelfen!" Schleimige Speichelfäden spannten sich beim Sprechen zwischen den runzeligen Lippen des Zauberers, und sein übler Atem streifte ihr Gesicht.

Lila würgte. "Bitte, bitte, laßt mich doch am Leben, "wisperte sie beklommen, doch Urkalan hatte sich schon wieder abgewandt.

"Drei Tage werde ich dich noch durchfüttern, dann kommt der große Tag." Er stieß ein heiseres Lachen aus. "Das wird mir nahezu unumschränkte Macht geben."

Mit diesen Worten verließ er den Raum und ließ die Tür hinter sich zufallen, derweil Lila in schwarzer Verzweiflung auf den Tisch niedersank.

Unterdessen hatte Camilla genau beobachtet, wo Lila hineingebracht worden war, doch noch konnte sie sich nicht dorthin wagen, weil noch viel zu viele Ameisen unterwegs waren. Aber die Nacht war schon nahe, die Schatten wurden immer länger, und die tiefstehende Sonne war schon kaum noch in der Lage, die dichten Nebel zu durchdringen.

Ein tiefer, vibrierender Ton, der in den Ohren schmerzte, hallte durch das Tal; sofort schwenkten, wie von Geisterhand gesteuert, alle noch im Tal befindlichen Ameisen um und strebten schnurstracks zur Pyramide, um innerhalb weniger Minuten darin zu verschwinden.

Camilla wartete noch ein wenig ab, damit sie nicht eventuellen Nachzüglern über den Weg liefe, dann segelte sie sachte vom Baum herab und schlich zu dem Eingang, in dem sie Lila hatte verschwinden sehen. Hier jedoch erwartete sie eine herbe Enttäuschung: Eine schwere eiserne Klappe verschloß die Öffnung und ließ sich trotz aller Bemühungen nicht bewegen. Zudem verstärkte jedwede Anstrengung den Schmerz in ihrem verletzten Kopf und den Armen. Resigniert gab sie das sinnlose Unterfangen auf und grübelte, auf welchem anderen Weg es ihr gelingen könnte, in das Innere des Bauwerkes zu gelangen. Langsam umrundete sie die Pyramide. Hatte diese schon von weitem groß ausgesehen, wirkte sie aus der Nähe noch gewaltiger. Das aus riesigen Quadern zusammengefügte Fundament allein ragte schon etwa zwölf Meter hoch aus der Ebene. Darauf erhob sich dann noch zirka achtzig bis neunzig Meter die eigentliche Pyramide. Ihre Steine waren schon stark verwittert, so daß man viele der eingearbeiteten grausigen Skulpturen kaum noch erkennen konnte. Camilla staunte, daß ein so riesiges und offenbar auch schon uraltes Bauwerk nirgends bekannt sein sollte, und doch hatte sie noch nicht einmal in Legenden oder Märchen davon gehört.

Als sie bei ihrer Umrundung das Portal fast erreicht hatte, zuckte sie erschrocken zurück: Dort im Halbschatten standen völlig regungslos zwei Wachameisen! Welch ein Glück, daß diese sie weder jetzt, noch vorhin, als sie sich der Pyramide genähert hatte, bemerkt hatten! Camilla wich noch ein Stück zurück, flog dann hoch auf den breiten Sockel des Fundamentes und blickte an der Pyramide empor. Jedoch auch hier war keine Öffnung auszumachen. Langsam flog sie dicht über die bröckelnden Steine, die oft unter dem Lianengewirr kaum zu sehen waren. Dann drehte sie um und flog ein kleines Stück zurück, hatte sie dort doch eben etwas gespürt: Einen warmen Lufthauch, der an ihren Beinen vorüberstrich. Stück für Stück untersuchte sie das soeben überflogene Gebiet. Ja, da war es wieder. Entschlossen riß sie die dünneren der Schlingpflanzen beiseite und legte eine Öffnung frei, die so groß war, daß selbst ein ausgewachsener, wenn auch schlanker Mensch hindurchgepaßt hätte. Vorsichtig kletterte die junge Elfe hinein. Überall hingen Spinnenweben; sie mußte aufpassen, sich nicht darin zu verheddern und kleben zu bleiben. Noch einmal drehte sie um und besorgte sich einen passenden Stock, mit dem sie die Spinnenweben beiseite schaffen konnte, dann betrat sie den Tunnel aufs Neue. Die Luft war stickig und roch abgestanden. Es schien, als sei dies das Abluftsystem der Pyramide. Sie kam nur sehr langsam vorwärts, denn es war stockdunkel, und sie mußte sich ihren Weg mit dem Ast und den Händen ertasten. Erst führte die Röhre noch waagerecht in das Bauwerk, dann steil nach unten, so daß Camilla trotz der Gefahr durch die Spinnenweben zeitweise ihre Flügel zuhilfe nehmen mußte. Dann verzweigte sich die eine große in vier kleinere Röhren. Camilla zögerte; welche sollte sie nehmen, und was, wenn es ein Labyrinth wäre? Wegen der Dunkelheit waren Markierungen zwecklos, da sie nicht zu sehen wären. Außerdem, womit hätte sie diese anbringen sollen? Camilla entschied sich für das ganz linke Rohr, weil diesem die wärmste Luft entströmte und sie auch glaubte, dort Geräusche vernommen zu haben. Dieser Gang war so niedrig, daß ihre Flügelspitzen an der Decke streiften und sie hoffte, daß es dort keine scharfen Ecken oder Kanten gab, an denen sie sich verletzen könnte. Wieder kam ein Knick, danach ging es senkrecht hinab. Was nun? Fliegen konnte sie hier wegen der Enge nicht. Sollte sie umkehren und einen der anderen Gänge versuchen? Mit ihren mittlerweile an die Dunkelheit gewöhnten Augen meinte sie einen Lichtschimmer weit unten im Rohr wahrzunehmen. Das gab den Ausschlag; sie nahm allen Mut zusammen, stemmte sich mit Armen und Beinen gegen die Rohrwandungen und schob sich Stück für Stück hinab. Aber schon nach viel zu wenigen Metern merkte sie, daß sie es nicht schaffen würde. Die Quetschungen an ihren Armen schmerzten immer schlimmer, und sie spürte, wie die Kräfte sie verließen. Leider gab es auch kein Zurück mehr, denn nach oben wäre es noch anstrengender. Arme und Beine begannen vor Schwäche zu zittern und fingen an, zu verkrampfen. Camilla schluchzte und arbeitete sich so gut es eben ging weiter, bis die Muskeln endgültig den Dienst versagten. Hände und Füße verloren den Halt und sie stürzte in die Tiefe, dem Lichtschimmer entgegen. Zum Glück endete der Fall nicht in der Waagerechten, sondern das Rohr ging von der Senkrechten langsam in eine Schräge über, die dann immer weniger steil wurde. Camilla schlug mehrmals auf; ein stechender Schmerz fuhr ihr durch den Rücken, als einer ihrer Flügel brach. Angsterfüllt spreizte sie Arme und Beine, um sich abzubremsen; dabei schürfte der rauhe Stein ihr Hände und Füße auf, dann überschlug sie sich noch zweimal, wobei sie auch noch mit ihrem ohnehin schon lädierten Kopf gegen die Wand prallte, und blieb benommen liegen. Ein paar kleinere Steinchen und Staub rieselten noch nach, dann war es wieder still. Camilla setzte sich auf und saugte an ihren blutenden Händen, im Kopf einen pochenden, dumpfen Schmerz. Tränen zogen Spuren in ihr staubiges Gesicht. Als sie aufstand, um ihren Weg fortzusetzen, hätte sie am liebsten aufgeschrien, so weh taten die wunden Füße. Doch, gottlob, hatte sie sich außer dem geknickten Flügel keine schwereren Verletzungen zugezogen. Hoffentlich hatte niemand ihren schlimmen Sturz gehört!

Nach einigen Metern entdeckte sie nun auch die Quelle des Lichtschimmers; das heißt, eigentlich waren es sogar mehrere, denn von diesem Rohr gingen einige Abzweigungen ab, die, wie sie bei der ersten feststellte, in zum Teil beleuchtete Räume führten.

Vor der Öffnung, durch die sie nun blickte, war ein Gitter angebracht, dahinter erstreckte sich nach unten ein kleines Zimmer. In der einen Ecke stand ein zerwühltes Bett, daneben ein mit Büchern und Zetteln überladener Tisch. An der gegenüberliegenden Wand eine Kommode, aus deren halboffenen Schubladen hineingequetschte Kleidung quoll. Die Tür war nur angelehnt, aber durch den Spalt war nichts zu sehen, da der dahinterliegende Raum oder Flur im Halbdunkel lag. Das Licht in dem Raum kam von einem Leuchter an der Wand, in dem drei überdimensional große Kerzen brannten. Camilla versuchte, das Gitter zu öffnen, doch es widerstand all ihren Versuchen. Deshalb ging sie zu der nächsten Öffnung. Hinter dieser war alles dunkel, also weiter. Die folgende eröffnete einen Blick in einen mit Mosaiken geschmückten Raum, in dessen Boden eine große Wanne eingelassen war. Irgendjemand mußte vor kurzem hier gebadet haben, denn um die Wanne war noch alles naß. Derjenige konnte den Raum auch noch nicht allzu lange verlassen haben, weil neben einer Öllampe auch noch eine Kerze brannte, von der noch nicht besonders viel fehlte. Langsam kroch Camilla vorwärts. Hände und Füße brannten unerträglich, und am liebsten wäre sie einfach liegengeblieben, aber mit aller Willensanstrengung zwang sie sich weiter. Sie mußte Lila einfach wiederfinden. Es war schon zu zweit schwer genug gewesen, einen Weg zu finden, allein war alles noch viel hoffnungsloser.

Hinter den nächsten drei Gittern waren jeweils große, lange, halbdunkle Räume, in denen sich unglaublich viele der riesenhaften Ameisen befanden. Alle standen in Reih und Glied, und in für Ameisen völlig untypischer Regungslosigkeit. Allein die Fühler bewegten sich zuweilen schwach und zeigten, daß noch Leben in ihnen war. Als ihr jedoch beim Fortkriechen ein Steinchen durch das Gitter fiel, gab es sofort Unruhe; Fühler trillerten aufgeregt, Köpfe wurden gedreht, aber jede Ameise blieb noch auf ihrem Platz. Camilla verharrte wie erstarrt, bis die Ameisen wieder in ihre merkwürdige Lethargie verfielen, dann bewegte sie sich vorsichtig weiter. Vor ihr war der waagerechte Gang zu Ende. Camilla schaute sich um. In dem schwachen Licht war kaum etwas auszumachen. Sie entdeckte, daß ein weiterer Schacht nach oben abzweigte um ein kleines Stück weiter offensichtlich wieder eben zu werden. Doch wie sollte sie dort hinaufkommen? Es gab zwar kleine Ritzen und vorstehende Steine, aber sie zweifelte, ob sie sich mit ihren geschundenen Händen würde halten können; andererseits gab es auch keine Alternative. So biß sie die Zähne zusammen und zog sich hoch. Die scharfen Steinkanten gruben sich schmerzhaft in ihre Finger, trotzdem hatte sie es bald geschafft, und nach kurzer Erholungspause ging es weiter. Jetzt kamen die nächsten Gitter in Sicht. Diesmal befanden sie sich nicht an der Gangseite, sondern im Boden, wobei sie die gesamte Breite in Anspruch nahmen. Ein plötzliches kratzendes und raschelndes Geräusch ließ Camilla innehalten; es kam relativ schnell näher. Sie sah zwei in der Dunkelheit glänzende Augen auf sich zukommen. Voller Abscheu und Angst erkannte sie eine Ratte, die mindestens genauso groß wie sie, aber erheblich massiger war. Furchtsam drückte sie sich an die Wand. Zum Glück war die Ratte offensichtlich ebenso erschrocken. Sie stoppte nur kurz, um dann im Eiltempo weiterzuflitzen. Camilla hörte sie noch hinter sich herunterplumpsen, wo sie vorhin so mühsam emporgeklettert war, dann spähte sie vorsichtig durch das nächste Gitter. Unter ihr erstreckte sich eine von einigen Öl- und mehreren elektrischen Lampen erhellte, unglaublich riesige Kuppelhalle, in deren Mitte ein Podest emporragte in dessen Zentrum eine Höhlung auszumachen war, in welcher ein mattes rotes Glühen strahlte. Rundherum waren merkwürdige Apparate aufgebaut, welche mit unzähligen Kabeln verbunden waren. Sie selbst befand sich am höchsten Punkt der Kuppel, zirka sechzig Meter über dem Boden. Hier gab es kein Herunterkommen. Hand für Hand überquerte sie das Gitter und setzte ihren Weg fort. Der Gang führte nun in immer größer werdendem Radius langsam abfallend um die Kuppel herum, um dann in scharfem Knick von ihr fortzuführen. In der Wand neben ihr schien sich eine Wasserleitung zu befinden, denn sie hörte oftmals ein Rauschen und Glucksen, besonders, wenn sie ihr Ohr an die Mauer legte. An einer Stelle kam auch Feuchtigkeit durch die Ritzen. Camilla roch daran, da sie einen ziemlichen Durst verspürte; doch das Wasser verbreitete einen üblen Geruch, und so verzichtete sie darauf, es zu probieren. Wieder kam ein Gitter in Sicht, durch welches scharf riechender Qualm in den Gang stieg. Camilla hustete unterdrückt und blickte hinab.

7

Lange, bange Stunden hatte Lila auf dem harten Tisch gelegen. Ihre Augen brannten. Es war extrem unbequem, da sie durch die auf dem Rücken gefesselten Hände immer einen Arm unter dem Körper hatte, wenn sie auf der Seite lag, und immer auf dem Bauch liegen ging auch nicht. Stöhnend wälzte sie sich auf die andere Seite. Seit Urkalan den Raum verlassen hatte, war nur etwa jede Stunde eine Wachameise hereingekommen, hatte mit den Fühlern die Fesseln kontrolliert – was bei Berührung unter den Fußsohlen entsetzlich gekitzelt hatte - und war wieder gegangen.

Plötzlich schreckte sie hoch und stieß dabei ihren Kopf an dem dicken Nagel, der ihre Ketten hielt; hatte sie da nicht eben jemanden ihren Name flüstern hören?

"Lil, Lil, ich bin's, Milla", hörte sie nun deutlich. Am liebsten hätte sie vor Erleichterung geweint. Sie drehte ihren Kopf in Richtung der Stimme: "Wo bist du, Milla?"

"Hier oben, hinter dem Lüftungsgitter", erklang nun wieder die Stimme ihrer Cousine, "ich werd' versuchen, einen Weg für uns hier heraus zu finden, aber ich bekomm' das Gitter nicht auf."

"Milla, du mußt nur hindurchgreifen, von unten, von dir aus links, ist ein Riegel. Deine Hand müßte ihn eigentlich erreichen können."

Da sah sie auch schon, wie sich Camillas Hand durch eine Gitteröffnung zwängte und nach dem Riegel tastete.

"Halt, warte einen Augenblick", rief Lila leise, "in ein paar Minuten müßte die Wache wieder kontrollieren kommen, danach haben wir dann ungefähr eine Stunde Zeit."

Die Hand zog sich zurück. Keinen Augenblick zu früh, denn in diesem Moment öffnete sich nämlich die Tür, die Wache kam herein und überprüfte, genau wie zuvor, die Ketten. Der einzige Unterschied war, daß diesmal eine zweite Ameise mit in den Raum kam, die eine Schale auf den Tisch stellte, anschließend aus einem Lederbeutel mit Wasser füllte und dann in Lilas

Reichweite schob. Danach verschwanden die beiden Sechsbeiner aus dem Raum und schlugen die Tür hinter sich zu.

Ohne weitere Zeit zu verlieren, öffnete Camilla den Riegel, worauf das Gitter nach unten aufschwang. Nun ließ sie sich durch die Öffnung gleiten, um nach unten zu fliegen. Aber, oh böse Überraschung, die Flügel versagten ihr den Dienst und sie taumelte ziemlich heftig zu Boden. In der Aufregung hatte sie vergesssen, daß sie sich bei dem Sturz in dem senkrechten Tunnel einen ihrer Flügel gebrochen hatte. "Au, mein Rücken", stöhnte sie.

"Was hast du, Milla?" fragte Lila besorgt, "hast du dich verletzt?"

"Ich glaub', ich hab mir vorhin den Flügel gebrochen", antwortete Camilla mit kläglicher Stimme, "ich kann nicht mehr fliegen."

Sie rappelte sich auf und schob einen Hocker von der Wand an den Tisch, so daß sie hinaufklettern konnte.

"Oh je, hoffentlich bekomme ich diese Hand- und Fußschellen überhaupt auf."

Doch ihre Sorge erwies sich als unbegründet, denn wie sich herausstellte, waren diese nur mit einem versteckten Mechanismus verschlossen, der sich ohne Schlüssel bedienen ließ, was Lila aber weder hatte sehen, noch mit gefesselten Händen hätte bewerkstelligen können.

Flugs entfernte Camilla die störende Last, sowie mit viel Mühe auch das Klebeband um die Flügel, dann umarmten sich die Mädchen wortlos. Jetzt durften sie aber keine Zeit mehr verlieren; ehe die Wache oder gar Urkalan zurückkam, mußten sie hier heraus. Aber wie? Durch die Tür war es äußerst gefährlich, und zum Lüftungsschacht hoch konnte Camilla wegen ihrer Verletzung nicht fliegen.

"Ich könnte hochfliegen und dir ein Seil zuwerfen", erbot sich Lila. Aber außer den Ketten, die festgenagelt waren, gab es im ganzen Raum nichts, was sich geeignet hätte. "Ich glaube, wir müssen es doch mit der Tür versuchen", seufzte Camilla. Also öffneten sie diese einen Spalt breit und spähten hinaus. Jenseits der Tür lag ein langer Gang, der von etlichen Fackeln erleuchtet wurde. Weitere Türen gingen von ihm ab. Sie verließen das Labor schlossen die Tür hinter sich, damit man nicht auf den ersten Blick sah, daß hier etwas nicht in Ordnung war und huschten, so schnell es Camillas kaputte Füße zuließen, den Gang hinunter. "Wir müssen am besten wieder in das Lüftungssystem, denn durch die Haupttore werden wir die Pyramide nicht verlassen können, weil diese ständig bewacht werden", berichtete Camilla, "laß uns mal die einzelnen Räume untersuchen, ob wir nicht irgendwo einen Weg hinauf finden." Nachdem sie mehrere Räume untersucht hatten, in denen es weder eine Möglichkeit gab, das Lüftungssystem zu erreichen, noch sonst irgendwelche interessanten Entdeckungen zu machen waren, öffneten sie eine Tür, die sich sowohl in ihrer Größe, als auch durch ihre enorme Dicke von den anderen unterschied. Sie mußten beide ihre gesamten Kräfte aufbringen, um sie auch nur einen Spalt zu öffnen. Dahinter eröffnete sich ihnen der riesige Kuppelsaal, den Camilla schon von oben gesehen hatte. Als sie sicher waren, daß sich niemand darin befand, schlüpften sie beide hinein. In diesem Moment ertönte ein schrilles Alarmsignal, und die schwere Tür hinter ihnen schloß sich mit einem scharfen Klicken.

8

Killy schreckte aus unruhigem Schlaf hoch. Hatte Camilla sie gerufen? Sie stand auf und lief in Richtung ihres Zimmers. Doch dann fiel ihr schockartig wieder ein, was passiert war. Verzweiflung drohte sie zu überwältigen. Ob nicht vielleicht die andere Suchgruppe schon zurück war? Aber dann hätte ihr Histran wohl Bescheid gesagt. Und wenn er sie nur hatte ausschlafen lassen wollen? Schnell zog sie sich etwas über und verließ ihre Hütte. Es war offensichtlich schon später Morgen, der Himmel verhangen, und ein leichter Nieselregen fiel. Bei Regen zu fliegen, war so eine Sache für sich; also rannte sie lieber den Weg ins Dorf zu Fuß, so schnell sie ihre Füße trugen. Dort angekommen, lief ihr gleich als Erster Jondras über den Weg, der aber nur leise und betrübt den Kopf schüttelte, als sie ihn fragend ansah.
"Komm auf eine Tasse Tee zu uns herein, Killy. Meine Frau und ich würden uns freuen, und du wärst nicht so allein."
Killy nickte zustimmend und trabte hängenden Kopfes hinter Jondras her.
Als sie die Stube betraten, wurde sie sogleich von Jondras' Frau begrüßt, die Killy mitfühlend umarmte. Auf dem Sofa saß auch noch Meanmars Frau, die sich gerade mit ihr unterhalten hatte. Einen Augenblick herrschte Stille, weil keiner so recht wußte, was er sagen sollte: Wie sollte man Trost spenden, wo doch niemand wußte, was genau denn passiert war?
Kara, Jondras' Frau, schenkte ihnen Hagebuttentee ein und stellte frische Brötchen auf den Tisch. Aber Killy war nicht nach essen zumute.
"Wo bleibt denn nur die andere Gruppe?" fragte sie leise, "so lange kann das doch nicht dauern!"
"Oh, doch", widersprach Jondras, "ich bin vor Jahren auch schon einmal ganz um das Moor geflogen und habe vier Tage dazu gebraucht. Dazu kommt, daß sie gar nicht so schnell fliegen können, um keine eventuelle Spur zu übersehen."

Killy beruhigte sich wieder ein wenig, aber andererseits war die Hoffnung, daß die Mädchen so gefunden wurden, auch nicht gerade groß. Irgendwie war allen klar, daß die beiden sich noch im Sumpf befinden mußten - hoffentlich noch lebend.

In diesem Moment klopfte es an die Tür, und Jondras öffnete.

"Ah, Histran", rief Jondras, "komm herein!"

Alle am Tisch sahen erwartungsvoll auf.

"Sind sie zurück?"

Das kam natürlich von Killy.

"Nein, nein, da muß ich euch enttäuschen", erwiderte Histran, "ich komme wegen etwas anderem, ich schätze, wir haben eine Sorge mehr: Bregard ist seit gestern abend verschwunden. Ich fürchte, er hat sich mit dem Ergebnis unserer Suche nicht abfinden können und ist vermutlich auf eigene Faust allein in den Sumpf zurückgekehrt."

"Ach du liebe Güte!" entfuhr es Killy, "ich glaube, ich weiß auch warum!"

"Ja, Killy, du hast es also auch gemerkt. Mir schien schon seit längerem, als sei Bregard nicht uninteressiert an Camilla, wenn ich es mal gelinde ausdrücken will", stimmte Histran zu.

„Was sollen wir machen? Seine Eltern kamen händeringend zu mir, aber diesmal fällt auch mir nichts Sinnvolles ein. Ich wollte euch fragen, ob ihr eine Idee habt?"

Das nun folgende Schweigen war Antwort genug.

"Wenn man nun noch mehr Leinen mitnehmen und den Suchtrupp vergrößern würde...?" warf Kara schüchtern ein.

"Hm, das ist schon insofern problematisch, als wir gar nicht genug Männer zur Verfügung haben, denn wir können das Dorf nicht schutzlos lassen. Außerdem hat sich diese Prozedur als derart zeitaufwendig herausgestellt, daß ich sie nicht für opportun halte", war Histrans Kommentar.

Erneut verfielen alle in Schweigen.

"Ich glaube, es hat alles keinen Zweck", resignierte Killy, "wir sind dazu verdammt, abzuwarten und eventuell noch auf die Ergebnisse des zweiten Suchtrupps zu hoffen."

Als sie ihren Tee ausgetrunken hatten, verabschiedeten sie sich und gingen gedrückter Stimmung nach Hause, nachdem sie sich noch versichert hatten, sollte es etwas Neues geben, einander sofort gegenseitig zu informieren.

9

Entsetzt blickten sich Lila und Camilla an: Hatten sie einen Mechanismus ausgelöst, als sie durch die Tür gingen? Hatte sie jemand gesehen, oder hatte nur jemand bemerkt, daß Lila sich nicht mehr in dem Labor befand?

"Wir müssen schnell ein Versteck finden", flüsterte Lila. Sie sahen sich um: In der Mitte des Saales erhob sich das Podest, in welchem der rötliche Schein glomm. An den Geräten, die darumherum standen, blinkten etliche kleine Lampen. Camilla wunderte sich, warum wohl, wenn es hier schon Elektrizität gab, nicht auch die Raumbeleuchtungen damit versorgt wurden. Aber das war jetzt nebensächlich; jeden Augenblick konnte jemand hereinkommen. Ringsum in den Wänden gab es zahlreiche Nischen und Öffnungen, in denen sich meist ebenfalls undefinierbare Apparate verbargen. Lila und Camilla huschten von Nische zu Nische, um ein Versteck zu finden, doch das erwies sich als gar nicht einmal so einfach, da dieselben meistens soweit von den Geräten ausgefüllt wurden, daß nicht mehr genügend Platz vorhanden war, oder sie waren so leer, daß man sie dort sofort sehen würde.

"Milla, dort, unter der Maschine mit den vielen bunten Lichtern, da würden wir beide hineinpassen."

Die Maschine, die Lila meinte, stand auf einem Sockel, in dem sich - vermutlich um von unten Kühlluft zuzuführen – etliche Öffnungen befanden.

Eilig liefen sie dort hin und zwängten sich durch die größte der Öffnungen in den Hohlraum dahinter. Camilla stöhnte, denn ihr gebrochener Flügel schmerzte nach diesem Unterfangen umso mehr.

Sie waren keinen Augenblick zu früh von der Bildfläche verschwunden, denn kaum lagen sie schwer atmend nebeneinander und spähten durch das Loch, als sich auch schon die schwere Tür öffnete und Urkalan in Begleitung eines weiteren Mannes hereinkam. Dieser war von gedrungener Statur, hatte ein rundes Gesicht mit breiter Nase und wässrigen Schweinsäuglein. Seine schütteren Haare waren fettig, und rasiert hatte er sich auch offenbar seit Tagen nicht.

"Warum hat es wohl Alarm gegeben, Meister?" fragte das unsympathische Individuum mit einer derart heiseren und kloßigen Stimme, daß sich Camilla unwillkürlich am liebsten kräftig geräuspert hätte.

Urkalan warf einen geringschätzigen Blick auf den anderen und meinte beiläufig: "Bestimmt hat wieder eines von diesen dummen Viechern die Tür geöffnet, obwohl ich es streng verboten habe, und hat sie nicht rechtzeitig wieder geschlossen. Dann registriert der Rechner den Temperaturunterschied und gibt Alarm. Völlig egal, laß uns mit den Experimenten fortfahren. Wenn wir die Strahlung durch den Rubin noch besser kontrollieren und steuern können, wird es derartige Fehlfunktionen bei unseren tierischen Dienern nicht mehr geben. Außerdem wird das Serum, das wir den Ameisen injizieren, in ein paar Tagen perfektioniert; dann enthält es zusätzlich elfische Gene, die zu denen der Ameisen kompatibel sind, da Elfen ja mit Insekten verwandt sind. Dann werden unsere Diener nicht nur riesig sein, sondern auch noch über einen Teil elfischer Intelligenz verfügen, so daß sie wesentlich effektiver einsetzbar sein werden und auch vielfältigere Aufträge übernehmen können."

"Häh? Gene... , kompatipl..., ich versteh kein Wort!" beklagte sich der Schmuddelige.

"Ach, ist ja auch egal, wann verstehst du schon 'mal was, ich glaube fast, du könntest auch ein paar zusätzliche Gene vertragen", grinste der Magier säuerlich. "Nun komm, wir müssen den Stein neu ausrichten!"

Beide gingen dicht an den Verborgenen vorbei und blieben an dem Podest stehen, so daß die Mädchen vorläufig nur noch die Füße sehen konnten.

"Ich werde jetzt das Kraft- und Energiefeld abschalten, dann richtest du den Stein auf der Skala, ... Moment, ich hab die Berechnungen doch aufgeschrieben, wo hab ich's nur ... , ach ja, da ist es, du rückst ihn zwei Strich nach oben und drehst ihn nach der Rundskala um 7° im Uhrzeigersinn, verstanden? Und sei schnell, weil wir für die entsprechende Zeit keine Kontrolle über die Ameisen haben!" "O.k., Meister, ich werd mich beeilen."

Man hörte zwei Schritte, dann einen Schrei des Gehilfen. "Gregor, halt, du nichtsnutziger Volltrottel!" schrie der Zauberer erbost, "du mußt doch wenigstens warten, bis ich das Feld abgeschaltet habe!"

"Aaaah, oooh, ich hab' mir die Hand verbrannt", jammerte der Gescholtene.

"Geschieht dir recht - wer so blöd ist ...", höhnte Urkalan, "so jetzt aber ran, das Feld ist aus. Ich würde es ja lieber selber machen, aber ich muß die Hände an den Schaltern lassen!"

Einen Augenblick lang hörten Lila und Camilla gedämpftes Herumhantieren.

"So, Meister, alles fertig."

"Gut, dann los."

Ein Klicken ertönte, und das rote Leuchten, das zwischenzeitlich erloschen war, erfüllte erneut den Raum.

"Das war's", kommentierte Urkalan, "du gehst jetzt und fütterst die Elfe und sei nicht zu grob mit ihr!"

"So kenn ich euch ja gar nicht Meister, was macht ihr euch denn aus dieser Elfe?"

"Gar nichts", schnauzte der zurück, "ich will nur nicht, daß sie jetzt schon draufgeht, weil ich ihre Innereien übermorgen frisch brauche!"

Lilas Eingeweide krampften sich vor Grauen zusammen, als sie diese mit unglaublicher Gefühlskälte hervorgestoßenen Worte vernahm.

"Ich werd mir Mühe geben, Meister", versprach Gregor, "was frißt denn so 'ne Elfe überhaupt?"

"Keine Ahnung, vielleicht Brot mit Butter oder Honig, wenn welcher da ist. Außerdem mußt du ihr was zu trinken geben, da genügt einfaches Wasser. Und mach den Dreck weg, wenn sie welchen hinterlassen hat!"

Lila blickte empört drein; was dachte dieser Widerling bloß von ihr!

Gregor verließ den Raum, während der Magier von Maschine zu Maschine ging, jede kontrollierte und an einigen neue Einstellungen vornahm. Plötzlich hörte man einen fernen Wutschrei. Kurze Zeit später kam Gregor mit hochrotem Kopf in den Saal gestürzt.

"M ..., M..., Mei..., Meister, is weg!"

"Ich bin nicht weg! Red vernünftig, du Idiot, was ist weg!?"

"Das kleine Biest, die Elfe, ist weg!"

"Wie weg, wie sollte die denn wegkommen, du hast wohl nur nicht richtig hingesehen. Wahrscheinlich ist sie nur vom Tisch gefallen und baumelt nun dort an der Kette", grummelte Urkalan.

"Nee, nee, die is echt weg, ich hab alles genau abgesucht. Die Ketten hingen da noch, aber die Elfe is' weg!"

"Verdammte Sch...!" brüllte Urkalan nun, "kann man sich auf die Wachen denn gar nicht mehr verlassen!?" und stürzte wutentbrannt, gefolgt von dem sichtlich eingeschüchterten Gregor aus dem Kuppelsaal.

"Schnell raus hier!" rief Camilla, "eh' sich die Tür wieder schließt!"

So schnell es ging, quetschten sich die beiden unter der Maschine heraus und rannten Richtung Ausgang, als Lila plötzlich zögerte.

"Wenn wir nun den Rubin mitnehmen", sagte sie aufgeregt, "dann hat der Zauberer, wenn ich es richtig verstanden habe, keine Kontrolle mehr über die Ameisen und kann ihnen nicht mehr befehlen, uns zu verfolgen."

"Lila, komm schon, du hast doch gehört, wie der andere sich verbrannt hat. Weißt du etwa, welchen Schalter du bedienen mußt, damit du den Stein nehmen kannst ohne dir wehzutun? Und wenn sie merken, daß mit der Kontrolle etwas nicht stimmt, kommen sie bestimmt zuerst hierher gerannt. So schnell können wir gar nicht laufen, um ihnen dann noch zu entkommen!"

"Ja", seufzte Lila, "du hast wohl recht, aber wann hat man wohl je wieder die Gelegenheit, an diesen Stein zu kommen. Ohne den hätte Urkalan bestimmt nur noch halb so viel Macht."

Widerstrebend folgte sie Camilla aus dem Raum und sie liefen den Weg weiter, den sie zuvor an der Tür unterbrochen hatten.

Hinter sich hörten sie das wütende Toben des Magiers, kurz darauf setzten schabende und kratzende Geräusche aus allen Richtungen ein.

"Er hat die Ameisen alarmiert, wir müssen ganz schnell einen Weg finden, ich hab solche Angst", rief Lila, während ihr wieder durch den Kopf schoß, was Urkalan mit ihr vorhatte.

Auf der rechten Seite erweiterte sich nun der Gang zu einem kleinen Gewölbe, an dessen Hinterseite eine Rinne entlangführte, durch die mit ziemlicher Geschwindigkeit Wasser strömte. Anscheinend war dies eine Trinkstelle für Ameisen, oder für die Entsorgung von deren Exkrementen, denn es roch hier ziemlich streng.

Das Geräusch trappelnder Ameisenbeine kam jetzt von beiden Seiten des Ganges. Lila blickte Camilla mit vor Angst geweiteten Augen an.

"Milla ... !"

"Komm, Lil, es gibt nur noch einen Weg. Wir müssen in die Rinne und hoffen, daß wir durch das Abflußrohr passen und, daß dieses nicht bis oben voll Wasser ist."

Beide sprangen gleichzeitig in die Rinne. Sofort wurden ihnen die Füße von der Strömung fortgerissen und sie fielen ins Wasser, welches tiefer war, als es zuerst den Anschein gehabt hatte. Prustend kamen sie wieder an die Oberfläche und wurden nun, kurz bevor die ersten Ameisen um die Ecke bogen, in das Abflußrohr gezogen.

10

Bregard flog mit Höchstgeschwindigkeit Richtung Sumpf. Wie konnte Histran bloß aufgeben! Voller Verzweiflung jagte er weiter, hoffentlich war Camilla nichts Schlimmes passiert. Er mußte sie einfach finden! "Wenn Milla nicht mehr lebt, will ich auch nicht mehr leben," schwor er sich, aber vorher würde er dann versuchen, sie zu rächen, wenn er herausbekäme, wer für das alles verantwortlich war.

Die ersten Nebel tauchten vor ihm auf. Er mußte die Stelle wiederfinden, wo sie das Blut entdeckt und die Gottesanbeterin erlegt hatten. Nicht lange, und er hatte die Stelle wiedergefunden, von wo aus ihre vorige Suchaktion gestartet war. Die Fußspuren waren nicht zu übersehen. Er versuchte, sich noch einmal genau vor Augen zu halten, in welche Richtung sie letztlich gegangen beziehungsweise geflogen waren, als sie auf die Gottesanbeterin trafen.

Dann startete er mit einem flauen Gefühl im Magen in die Richtung, von der er meinte, sie sei die richtige, in die dicke Suppe.

Es schien ihm, als sei der Nebel noch dichter als zuvor, und er fragte sich, ob er die Stelle überhaupt sehen würde, wenn er auch nur im Abstand von fünf Metern daran vorbeiflöge. Aber dann korrigierte er sich innerlich, denn letztendlich würde das nur bedeuten, daß er wüßte, ab wann er weiter vordränge als letztes Mal, denn von der Stelle aus, wo sie das Blut gefunden hatten, wußte er die Richtung, in der die Mädchen weitergegangen oder geflogen waren, ohnehin nicht, es war ein reines Glücksspiel.

Was er aber jetzt, da er eine Weile flog, feststellen mußte war, daß er trotz allem, was er sich vorgenommen hatte, schon jetzt nicht mehr wußte, in welche Himmelsrichtung er unterwegs war. Vormals hatten sie sich an den Leinen orientieren können, aber jetzt? Der Nebel war so dicht, daß man beim besten Willen nicht sagen konnte, wo sich die Sonne befand.

Kein Wunder also, daß Camilla und ihre Cousine nicht wieder hinausgefunden hatten. Mit Schrecken wurde ihm klar, was das bedeutete: Selbst, wenn er sie fand, wüßte auch er keinen Weg heraus! Aber jetzt war es zu spät, es blieb ihm nichts anderes übrig, als weiterzumachen.

Innerlich verfluchte er seinen Leichtsinn; er hatte nicht einmal daran gedacht, etwas zu essen oder zu trinken mitzunehmen, so eilig hatte er es gehabt. Allmählich begann er seine Flugmuskeln zu spüren und stellte fest, daß er schon so niedrig flog, daß er beinahe die Wasseroberfläche berührte. Er wollte gerade wieder etwas nach oben ziehen, als er bemerkte, daß er gar nicht länger über Wasser flog: Unter ihm waren dichtes Gras und Schachtelhalme. Er setzte zur Landung an. Ob Camilla diese Insel ebenfalls erreicht hatte? Oder war er womöglich in eine völlig falsche Richtung unterwegs? Er flog ein Stück zurück, bis er die Grenze zwischen Wasser und Land gefunden hatte. Möglicherweise waren die Mädchen ja eher müde geworden und zu Fuß weitergegangen.

"Wenn sie überhaupt noch leben!" schoß es ihm durch den Kopf, aber schnell verdrängte er diesen Gedanken.

Also, wenn sie diese Insel zu Fuß erreicht hatten, mußte er ihre Spuren finden können, selbst wenn es schon Tage her war. Er ging, aufmerksam auf den Boden blickend, an der Uferkante entlang, bis er nach einer Weile bemerkte, daß das Wasser neben ihm dunkler wurde; ob das bedeutete, daß es hier tiefer war? Dann hätten die Mädchen hier nicht zu Fuß ankommen können. Vorsichtig trat er in das Wasser, das tatsächlich schon nach drei Schritten zu tief wurde, um noch hindurchzuwaten.

Also kehrte er zu seinem Ausgangspunkt zurück, um von hier aus in der anderen Richtung weiterzusuchen. Hätte er das doch gleich getan: Bereits nach zehn bis fünfzehn Metern fand er in einer schlammigen Uferbank die Abdrücke von Elfenfüßen. Und wer außer Lila und Camilla hätte schon hier gewesen sein können? Er konnte das Glück kaum fassen, so leicht auf ihre

Spuren gestoßen zu sein. Sein Herz schlug vor Erleichterung höher, denn schließlich besagten die Spuren ja auch, daß beide Mädchen da noch lebten und so weit in Ordnung waren, daß sie noch laufen konnten, obgleich er die Feststellung machte, daß sie sehr kleine Schritte gemacht hatten. Das wiederum konnte jedoch auch mit ihrer Erschöpfung zu tun haben. Er kam an eine Stelle, von der an nur noch die Spur einer Elfe, und zwar der kleineren, also Lilas, zu sehen war. Ob sie vorgegangen war, um die Gegend zu erkunden, während Camilla sich ausgeruht hatte? Das ließ sich so nicht mehr feststellen, denn an dieser Stelle hatte sich das Gras schon wieder vollständig aufgerichtet. Kurz darauf entdeckte Bregard, daß die Spuren beider ein Stück weiter links wieder gemeinsam weitergingen, und folgte ihnen.

Sie führten nach einiger Zeit in eine Senke vor einem flachen Hügel bis zu einer kleinen Höhle und von dort wieder fort. Auch waren innerhalb der Senke viele Fußabdrücke, der Größe nach von Lila. Aus der Frische der Spuren, die von der Höhle fortführten, schloß er, daß sie dort übernachtet hatten und überlegte, ob er Gleiches tun sollte, denn es dämmerte bereits, und er würde den Spuren heute nicht mehr lange folgen können. Auch konnte er nicht wissen, ob es in absehbarer Zeit wieder eine geeignete Schlafstelle geben würde. Also machte der junge Elf es sich so gut es ging in der Höhle bequem. Die Mädchen hatten hier Betten aus Gras und Moos hinterlassen, die er dankbar nutzte.

Den Kopf voll unruhiger Gedanken, was ihn morgen erwarten mochte, fiel Bregard alsbald in einen Schlaf, der von Alpträumen durchsetzt war, in welchen er ständig von Gottesanbeterinnen attackiert wurde, oder in Sumpflöchern versank.

Schweißgebadet wachte er am nächsten Morgen auf, erleichtert, die Alpträume hinter sich lassen zu können. Erneut folgte er den Spuren, die aber nach kurzer Zeit verschwanden. Ab hier waren sie wohl wieder geflogen; was nun? Sollte er ebenfalls fliegen? Einfach in die

Richtung, die die Spuren bisher vorgegeben hatten? Es blieb ihm ja kaum eine Wahl.

Bregard flog los, immer aufmerksam auf jede Kleingkeit achtend, um keine eventuelle Spur zu übersehen. Später hatte er den Eindruck, eine Linie zöge sich durch das Gras. Bei näherer Inspektion stellte es sich als eine mit Steinen gepflasterte Straße unter dem Bewuchs heraus. Die Mädchen hatten sie sicherlich ebenfalls nicht übersehen.

Logische Folge war, daß sie, in Ermangelung anderer Alternativen, ihr gefolgt sein durften. Ermutigt setzte der Elf seinen Weg fort. Später erreichte er, wie schon Camilla und Lila vor ihm, die Wegkreuzung und entschied sich, ebenfalls wie sie, weiter der Straße zu folgen. Das Einzige, was sich von ihrer Tour bisher unterschied, war, daß Bregard bislang nicht auf die Riesenameisen gestoßen war. Diese erblickte er erstmalig, als er das Tal mit der Pyramide erreichte. Erstaunt hielt er inne und zog sich dann schnell hinter einen Baum zurück, als er eine Bewegung in der Nähe der Pyramide wahrnahm. Mit Entsetzen sah er nun die Kolonnen der monströsen Insekten. Hatten Lila und Camilla das hier auch gesehen? Waren sie womöglich entdeckt und gefangengenommen worden? Doch letzteres verwarf er wieder: Die beiden konnten ja fliegen und damit den Ameisen jederzeit problemlos entkommen. Aber wo waren sie jetzt? Waren sie trotz der Ameisen zur Pyramide geflogen, um sie zu erkunden? Er kannte Camillas Unternehmungsgeist und ihre Neugier, so daß diese Möglichkeit nicht mit Sicherheit von der Hand zu weisen war. Sollte er auch mal einen Blick hineinwerfen? Was, wenn er entdeckt würde? Fragen über Fragen! Da saß er nun und wußte nicht so recht, was er jetzt tun sollte.

Fürs Erste beschränkte sich Bregard darauf, weiter zu beobachten und zu sehen, wie viele Lebewesen es hier gab und wie diese sich verhielten.

11

Umeinanderwirbelnd trieben sie in vollkommener Dunkelheit dahin, bis Lila plötzlich vor sich einen gurgelnden Aufschrei hörte, dann auch schon selber mit dem Kopf anschlug und unter Wasser gedrückt wurde. Panisch tastete sie mit den Händen nach oben: Der Gang war nun völlig mit Wasser ausgefüllt - es gab keine Luft mehr! Ein paar Mal schrammte sie an den Wandungen entlang, überschlug sich, dann wurde ihr allmählich schwarz vor Augen.

Sie wollte, sie mußte atmen, aber sie schluckte nur Wasser. Gerade, als sie im Begriff stand, endgültig das Bewußtsein zu verlieren, ließ die Strömung abrupt nach und sie durchbrach die Wasseroberfläche. Lila würgte und hustete.

"Milla..., Milla, wo bist du?!"

Ihre Hände stießen gegen einen Körper. Eilig tastend erkannte sie ihn als Camillas. Lila hob ihr den Kopf über das Wasser und hielt sie fest. Camilla hatte das Bewußtsein verloren, oder war sie etwa ertrunken? Lilas Hand tastete nach ihrem Herzen; nein tot war sie nicht, es schlug noch, aber ganz schwach. Sie mußte Milla schnell wieder zum Atmen bringen. Das jedoch war leichter gedacht als getan, denn sie hatte keinen Boden unter den Füßen, und sie befanden sich scheinbar, so weit sie das durch Tasten hatte erkennen können, in einem kreisförmigen, brunnenähnlichen Schacht, dessen Wände nicht zu erklimmen waren.

Mit viel Mühe gelang es der kleinen Elfe, sich mit einer Hand in einer Mauerritze festklammernd, Camilla mit der anderen zu halten.

Dann bemühte sie sich per Mund-zu-Mund-Beatmung - wie sie es letztes Jahr am Ullasee bei einer Übung erwachsener Elfen beobachtet hatte - Luft in Camillas Lunge zu pressen.

Das erwies sich als äußerst diffizil, weil ihr einerseits Camilla durch die leichte, kreisende Strömung ständig zu entgleiten drohte und sie andererseits durch die Anstrengung selbst kaum genug Luft holen konnte.

Glücklicherweise waren nicht allzu viele Versuche vonnöten; schon bald fing Camilla an zu würgen, Wasser zu spucken und dann endlich auch zu atmen. Instinktiv klammerte sich das wieder zu Bewußtsein kommende Mädchen an Lila, die, davon überrascht, den Halt verlor, so daß sie kurz untertauchten. Dann aber fanden beide Halt an der Wand. Eine Weile konnten beide nicht sprechen, weil sie erst einmal wieder zu Atem kommen mußten.

"Oh, war das schrecklich!" keuchte Camilla, "ich dachte, ich würde sterben. Ich hatte mich so erschrocken, als ich gegen die Decke schlug, daß ich geschrien habe, bevor ich in das Rohr gedrückt wurde, darum hatte ich dann keine Luft mehr in der Lunge."

Sie hustete noch ein paar Mal, dann ging es besser, und sie konnten sich so allmählich wieder den aktuellen Problemen widmen.

"Ich weiß hier nicht mehr weiter", gestand Lila, "ich hab mal rumgefühlt, aber keinen Ausgang bemerkt. Wir sind in so einer Art Brunnen. Die Wände kann man nicht hoch; außerdem ist nach oben auch alles dunkel, wahrscheinlich ist er verschlossen. Nur das Rohr, wo das Wasser hereinkommt, habe ich kurz unter der Wasseroberfläche gespürt."

"Hm, aber es muß einen Ausweg geben", überlegte Camilla, "das Wasser muß ja irgendwo hin. Wahrscheinlich ist der Abfluß weiter unten; wir müssen ihn finden, denn zurück gegen die Strömung und dazu noch unter Wasser ist nichts zu machen. Wir werden wohl tauchen müssen", sagte sie schaudernd, während sie an das eben Erlebte zurückdachte.

"Sobald ich wieder richtig bei Atem bin, werde ich es versuchen."

"Nein, laß nur Milla, ich mach das schon, ich hab nicht so viel Wasser geschluckt!"

Camilla widersprach: "Ach was, wir machen es gemeinsam. Es ist ja sowieso die einzige Möglichkeit, sonst ertrinken wir hier über kurz oder lang, wenn wir keine Kraft mehr haben, uns zu halten. Laß uns nur diesmal richtig Luft holen!"

Nachdem sie ein paarmal tief durchgeatmet hatten, tauchten sie unter, wobei sie darauf achteten, immer in Berührung zu bleiben, um einander nicht erneut zu verlieren. Sie waren erst ein paar Züge nach unten geschwommen, als sie sich erneut von einer Strömung ergriffen fühlten. In stillem Einvernehmen klammerten sie sich aneinander und wurden nun wieder in ein Rohr gezogen. Dann ging es in hohem Tempo dahin, wobei sie sich etliche neue blaue Flecke holten. Bevor die beiden mangels Luft in Panik geraten konnten, wurde die Strömung schwächer, und die Höhlendecke hob sich. Erleichtert tauchten sie auf. Hier gab es auch einen schwachen Lichtschimmer, der den Kanal sichtbar werden ließ. Langsam wurde es heller, und sie erkannten eine Öffnung nach draußen, durch die diffuses Licht eindrang. Hier floß das Wasser unter der Pyramide hinaus; leider traf das nicht auch auf sie beide zu, denn der Ausgang war vergittert, und zwar so dicht, daß sie sich nicht hindurchzwängen konnten, vermutlich, um Ratten und Ähnliches fernzuhalten. Da hatten sie nun zufällig einen Weg gefunden und konnten dennoch nicht hinaus.

Verzweifelt preßten sie ihre Gesichter gegen die Gitterstäbe und sahen entmutigt nach draußen.

12

Bregard hatte sich entschieden. Er wollte die Pyramide von nahem untersuchen. Er wartete einen günstigen Augenblick ab, als keine Ameisen zu sehen waren, und flog dann mit leichtem Flügelschlag, bis er das gewaltige Fundament erreicht hatte. Zuerst wollte er die Seite erkunden, die vom Haupteingang wegführte, weil er sich hier in nicht so großer Gefahr wähnte und weil er bemerkt hatte, daß es dort mehrere Seiteneingänge gab. Von diesen kam jetzt auch schon einer in Sicht. Ein übler Geruch vielfältigster Ausscheidungen entströmte ihm; und nicht nur das, zu allem Überfluß hörte er, wie sich aus dem Gang etwas näherte. Schnellentschlossen flog er hoch, blickte sich um und legte sich dann, die Flügel angelegt, auf den Absatz, den das Fundament oben bildete, und spähte hinab. Er mußte nicht lange warten, da kamen zwölf der Ameisen im Eilschritt hinausgelaufen, und wenn er es richtig vernommen hatte, nicht nur aus dieser, sondern auch noch aus mehreren anderen Öffnungen in der Nähe, was aber visuell wegen des dichten Nebels nicht wahrzunehmen war. Die Ameisen verteilten sich nun zu einer breiten Reihe und marschierten dabei von dem Bauwerk fort, wobei sie die Gegend aufmerksam abzusuchen schienen. Als sie aus seinem Blickfeld verschwunden waren, wartete er noch einen Augenblick und sprang dann mit den Flügeln abbremsend hinab. Sollte er die Chance nutzen und die Pyramide jetzt betreten, oder sollte er den Koloß erst einmal von außen untersuchen? Er entschied sich für letzteres und überlegte nebenbei, ob er vorhin vielleicht doch bemerkt worden war und die Suche der Riesen ihm galt. Doch schnell verwarf er diesen Gedanken, denn dann hätten vorhin schon die zu dem Zeitpunkt draußen anwesenden Ameisen reagieren müssen. Durch die Nebel wie durch Watte gedämpft, vernahm er nun das Plätschern von Wasser. Vor ihm zeigte sich ein Bach, der hier die Pyramide verließ und munter zwischen den Kräutern verschwand. Er blickte hinab.

"Bregard, das gibt's doch nicht, Bregard!"
Beinahe wäre er in den Bach gefallen. Diese Stimme, das war SIE, sie, die er über alles liebte: "Camilla!" stieß er hervor, sprang in das Wasser und ergriff durch das Gitter ihre Hände. Dann wurde er sich der Situation wieder richtig bewußt, und auch, daß Lila dort ebenfalls hinter dem Gitter stand. Errötend ließ er Millas Hände fahren.
"Äh, hallo Lila," ergänzte er unbeholfen.
"Bitte, Bregard, du mußt uns hier heraushelfen, wir kriegen das Gitter nicht auf", flehte Camilla und tat dabei, als hätte sie Bregards Verlegenheit nicht bemerkt.
"Ich werde es versuchen", versprach er, "haltet euch solange verborgen, ich will sehen, ob ich etwas finde, mit dem ich die Stangen durchbekomme."
Mit diesen Worten verschwand er.
Camilla und Lila zogen sich ein Stück zurück, um nicht zufällig entdeckt zu werden.
"Wie haben die uns bloß gefunden? Oder ist Bregard etwa ganz allein gekommen?"
"Nein, das glaube ich nicht, Lil, das würde keiner wagen, und niemand, außer uns natürlich, wäre dazu wohl leichtsinnig genug."
Währenddessen flog Bregard zur letzten Öffnung zurück; wenn es irgendwo Werkzeug gab, um die Stäbe zu durchtrennen, dann nur innerhalb des Gebäudes. Er spähte in den Gang. Die Gelegenheit schien günstig. Plötzlich fiel ihm ein: er hätte doch erstmal die Mädchen fragen können; die hätten bestimmt etliche Informationen für ihn gehabt. Schließlich waren sie ja schon länger in der Pyramide. Sollte er noch einmal umkehren?
"Ach was!" entschied er, "es muß auch so gehen."
Als er den niedrigen Gang entlangflog, horchte er auf jedes Geräusch, aber vorerst war nichts zu hören. Nach kurzer Zeit kam er an eine vergitterte Klappe, die aber nicht verschlossen war und sich nach beiden Seiten öffnen ließ. Dahinter erblickte er jenes Labor, welches Lila zuvor schon so unliebsam kennengelernt hatte.

Gerade wollte er sich hineinbegeben, als er menschliche Stimmen hörte: "Ich kann es immer noch nicht verstehen, wie dies Elfenluder sich hat befreien können, die Kettenschloßriegel, das habe ich mehrfach überprüft, wären höchstens zu öffnen gewesen, wenn sie längere Finger mit Gummigelenken gehabt hätte."

"Und wenn irgend jemand sie befreit hat?" fragte eine heisere Stimme.

"Wie sollte wohl jemand an den Wachen vorbei ins Innere der Pyramide gelangt sein?" fragte die erste Stimme abschätzig, dann bogen die beiden Menschen in das Labor ein.

Bregard sah nun zum ersten Mal Urkalan und sein Faktotum Gregor vor sich, und das, was er sah, gefiel ihm überhaupt nicht.

"Die Elfen haben, wie man an ihren Flügeln sieht, etwas Insektisches an sich", grübelte Urkalan, "vielleicht konnte sie eine der Ameisen dazu bringen, sie zu befreien. Ich muß sie unbedingt wieder einfangen, ich brauche ihre Gene! Meine Güte, ich war so kurz davor, und jetzt ist dies Miststück abgehauen! Das nächste Mal, Gregor, schlachtest du sie sofort, und ich werde dann umgehend das Injektionsmittel fertigstellen!"

Bregard, der Übelkeit nahe, sah, wie Gregor blaß wurde: "Ich.., ich soll sie schlachten?! Äh, das kann ich nich, nee sowas kann ich nich!"

"Wie, du wagst es, mir zu widersprechen?" fragte Urkalan mit leiser, aber bösartig kalter Stimme und setzte zu einer komplizierten Geste an.

"Nee, nein, äh, so hab ich es nicht gemeint, Meister, verzaubert mich nicht, ich tu ja alles, was ihr wollt!" schrie Gregor entsetzt.

"Na also", höhnte Urkalan, "warum denn nicht gleich so. Ihre Reste kannst du danach an die Wächter verfüttern, aber zuerst einmal müssen wir die Elfe wiederbekommen. Ich habe das Wetter mit den Nebeln schon so gestaltet, daß sie nicht aus dem Sumpf finden wird. Nun müssen wir nur warten, bis sie vor Erschöpfung nicht mehr weiterfliegen kann, und dann müssen die Wachen sie rechtzeitig finden, bevor sie noch draußen stirbt, denn sonst ist sie von keinem großen Nutzen mehr für uns. Ich hätte ihr die Flügel nicht nur zusammenkleben, sondern gleich abschneiden sollen!"

Bregard lief vor Abscheu eine Gänsehaut über den Rücken; wie konnte jemand nur so widerwärtig und brutal sein! Scheinbar hatten diese Ekel nur eines der Mädchen gefangen und die andere mußte sie befreit haben, das schloß er aus der Unterhaltung. Hätte er sich doch bloß vorher bei Camilla informiert, immer wieder war er zu hastig und dachte zu wenig nach, bevor er handelte!

Urkalan untersuchte noch einmal die Fesseln, schüttelte den Kopf und begann zusammen mit Gregor das Labor akribisch zu durchsuchen. So genau, wie sie es dabei angingen, würden sie bestimmt auch in diese Klappe spähen. Also zog sich Bregard erstmal ein ganzes Stück zurück. Als er keine Geräusche mehr hörte, schob er sich wieder bis zur Klappe vor. Die beiden Menschen - beziehungsweise eher Unmenschen - hatten den Raum verlassen. Bregard schlüpfte durch die Öffnung und inspizierte nun seinerseits das Labor in der Hoffnung, irgendein brauchbares Werkzeug zu finden. Dabei fiel ihm sein nächster Denkfehler auf: Wenn er zum Beispiel eine Säge fand, so wäre sie für menschliche Hände gefertigt, und er könnte sie kaum forttragen, geschweige denn benutzen! Trotzdem suchte er weiter. Es gab hier tatsächlich etliche Werkzeuge; ein riesiger Hammer auf dem Tisch, eine Schachtel mit Nägeln, mehrere Schraubendreher, ein paar elektrische Meßgeräte und ... eine Feile.

Etwas besseres würde er nicht finden! Er packte sie mit beiden Händen und flog zum Loch empor ... beziehungsweise, wollte emporfliegen, aber das Gerät entpuppte sich als viel zu schwer, um damit starten zu können. Nach etwas Überlegen nahm er Klebeband, welches auf dem Tisch lag, wickelte mit viel Mühe ein langes Stück ab und klebte ein Ende an die Feile. Mit dem anderen Ende flog er zum Ausgang und zerrte dann das für ihn enorme Gewicht nach oben. Danach schleppte er die Feile hinter sich her durch den Gang. Das Klebeband nahm er ebenfalls mit, damit man nicht so schnell entdeckte, daß sich hier jemand zu schaffen gemacht hatte.

Draußen angekommen, wurde es schon schwieriger; hier durfte er die Feile nicht mehr über den Boden schleifen, da sonst die Ameisen auf die Spur aufmerksam werden konnten. Das bedeutete, daß er sie tragen mußte. Da der Weg nun aber nicht mehr weit war, schaffte er es. Freudig wurde seine Rückkehr von den Mädchen begrüßt.

"Ich bin sofort wieder da", flüsterte er und lief schnell noch einmal zurück, um auch seine Fußspuren zu verwischen. "So, ich denke, wir können den Versuch jetzt wagen", sagte er, "ich stecke die Feile hindurch, ihr faßt sie drinnen, ich draußen und dann probieren wir's mal."

Schon nach den ersten paar Bewegungen hielten sie wieder inne. Das Geräusch der Feile auf dem Metall war alles andere als leise! Es schrappte und quietschte entsetzlich. Betroffen blickten sie sich an.

"Egal", kommentierte Bregard, "beeilen wir uns, wir haben keine Wahl!"

Mit aller Kraft machten sie sich nun ans Werk, mit nur kurzen Pausen dazwischen, um zu lauschen. Aber niemand schien sie zu hören. Der traktierte Stab war oben bereits durch, aber unten wurde es ungleich schwieriger; einerseits ließen ihre Kräfte schnell nach und andererseits schien die Feile nicht unbedingt zum Bearbeiten derart harter Materialien gedacht zu sein: Sie war schon jetzt völlig stumpf.

Die Arbeit zog sich hin, und sie wurden immer nervöser. "Jetzt geht es gar nicht mehr weiter", stellte Lila fest.

"Gib mal her!" Bregard nahm die Feile und setzte sie oben, wo der Stab schon durch war, als Hebel an, um diesen umzubiegen, aber er schaffte es nicht.

"Gib die Feile herein!" befahl Camilla, "wir sind immerhin zu zweit und können uns auch noch an den Wänden abstützen."

Dieser Versuch wurde schnell von Erfolg gekrönt: Die Stange bog sich langsam auf, um dann plötzlich mit einem peitschenden Knall zu brechen. Ängstlich hielten sie einen Augenblick inne. Noch war nichts zu hören. Sie stiegen aus dem Tunnel, und Camilla umarmte ihren Retter dankbar und gab ihm einen Kuß auf die Wange. Bregard stand ganz erstarrt, und Lila registrierte interessiert, daß sein Kopf rot wie eine Tomate wurde. Schließlich riß er sich wieder zusammen, und seine Augen wurden wieder klar.

"Laßt uns ... ", zuerst bekam er kaum einen Ton heraus und mußte sich erst einmal räuspern, "laßt uns jetzt aber schnell fortfliegen!"

"Das geht nicht", unterbrach Lila, "Milla hat sich einen Flügel gebrochen, wir müssen laufen."

"Dann nehmen wir den Bach", entschied Bregard, "damit wir möglichst keine Spuren hinterlassen."

So schnell es eben ging, entfernten sie sich nun von der Pyramide.

"Wir müssen höllisch aufpassen, ich habe gesehen, wie die Ameisen auf die Suche geschickt wurden. Je weiter wir von der Pyramide weg sind, desto größer wird erst einmal die Gefahr auf eine oder mehrere von ihnen zu treffen!"

Kaum hatte er das gesagt, als auch schon die ersten kamen; sie waren lange zu hören, bevor sie aus den grauen Schatten auftauchten. Die drei Flüchtlinge duckten sich tief zwischen die überhängenden Bachkräuter bis die Gefahr vorüber war.

Später wurden die Ameisen immer seltener, und die Elfen stellten fest, daß die, die sie zu sehen bekamen, bereits größtenteils wieder auf dem Rückweg zu sein schienen.

"Ich kann nicht mehr, ich hab total kaputte Füße", erklärte Camilla. Bregard sah sie mitfühlend an, "wir müssen aber weiter, bis wir einen geeigneten Lagerplatz finden. Komm, ich kann dich ein Stück tragen!"

Vorsichtig nahm er Camilla auf die Arme, wobei er, wie Lila feststellte, unverständlicherweise schon wieder errötete. Camilla legte die Arme um seinen Hals und den Kopf an seine Schulter. Bregard wurde sich jetzt erst so richtig ihrer Nähe bewußt; er spürte die Wärme ihres Körpers und ihren Atem an seinem Hals. Wäre ihre Lage nicht so prekär, wäre er fast wunschlos glücklich gewesen.

Nur wenig später führte der Bach durch ein dichtes Gestrüpp, in dessen Innerem ein sandiges Stück Ufer war, welches von außen nicht zu sehen, und nur vom Bach aus erreichbar war; sozusagen der ideale Lagerplatz. Behutsam ließ Bregard Camilla hinunter und blickte verlegen zur Seite, als sie die Arme von seinem Hals löste.

"Ich bin völlig fertig", murmelte sie, "ich könnte glatt im Stehen einschlafen."

"Ich denke, wir können hier auch bedenkenlos schlafen, sogar ohne eine Wache aufzustellen, aber ich bin noch nicht müde", log er, "und werde trotzdem aufpassen."

Er hockte sich nieder, während Lila und Camilla sich hinlegten. Minuten später war Camilla schon eingeschlafen, während es Lila, obwohl sie die Augen geschlossen hatte, schwerfiel.

Sie hörte Bregard sich bewegen und blinzelte, um gerade noch mitzubekommen, wie er sich über Camilla beugte und ihr einen Kuß auf die Wange hauchte, um dann, wie erschrocken über sich selbst, zurückzuckte und schnell wieder an seinen Platz setzte.

Innerlich schüttelte Lila ihren Kopf, Bregard benahm sich ja echt peinlich. Wenn Camilla das erfuhr! Soweit Lila wußte, hatte Camilla sich noch nie für irgendwelche Elfenjungs interessiert, und Bregard machte sich ihrer Meinung nach bloß lächerlich. Das würde Camilla bestimmt auch schnell lästig werden!

Mit diesen Gedanken schlief sie endlich ein.

Als sie erwachte, waren Abend und Nacht schon vorbei. Jenseits der Büsche hörte sie das ihr schon vertraute, wie gleichermaßen verhaßte Geräusch der schabenden und klickenden Chitinbeine ihrer Verfolger. Camilla atmete tief und gleichmäßig, und auch Bregard war in seiner hockenden Stellung eingeschlafen.

Lila mußte husten, und obwohl sie den Laut unterdrückte, reichte er doch, Bregard zu wecken. Er schrak hoch, um sogleich wieder mit einem Schmerzenslaut zurückzufallen; seine Knie waren von dem langen Hocken vollkommen steif geworden, und die ersten Bewegungen waren die reinste Folter.

"Pssst", warnte Lila, "sie sind ganz dicht bei uns!"

Bregard winkte, daß er verstanden hatte und lauschte ebenfalls. Es schienen heute noch weitaus mehr zu sein als gestern. Zu sehen war durch die Büsche zwar nichts, aber die Geräusche kamen von allen Seiten.

Mittlerweile meldeten sich bei allen dreien verstärkt Durst und Hunger. Gegen Ersteren gruben sie ein Loch etwas entfernt vom Bach in den Sand, um das auf diese Weise gefilterte Wasser zu trinken. Zu essen jedoch gab es nichts. Beeren wuchsen zurzeit nicht an diesen Sträuchern, und die Blätter, so stellten sie schnell fest, waren ungenießbar. Auch im Bach war nichts zu finden, außer einigen Schnecken und Würmern, und so groß war ihr Hunger denn doch noch nicht, als daß sie diese 'Speisen' hätten hinunterwürgen können.

Den ganzen Tag saßen sie in ihrem Versteck fest, denn die Ameisen patrouillierten ununterbrochen. Erst am späten Nachmittag wurde es still.

"Ich glaube, wir sollten es versuchen", sagte Bregard, "obwohl ich gestehen muß, daß ich nicht allzu große Hoffnung hege, einen Ausweg aus dem Sumpf heraus zu finden, denn als ich die Feile geholt habe, konnte ich zwei Männer in dem Labor belauschen, wo ... , ach, ich weiß ja überhaupt noch nicht, wer von euch gefangen war, und was überhaupt passiert ist; das müßt ihr mir gleich erstmal erzählen. Na, jedenfalls konnte ich hören, wie der Größere sagte, er hätte das Wetter und den Nebel so beeinflußt, daß wir – obwohl er davon auszugehen schien, daß es nur eine Elfe war - hier nicht herausfinden können."

"Das war Urkalan, und ich muß deiner Befürchtung zustimmen", bestätigte Camilla, "auch wir waren in der Lage, einiges aufzuschnappen, was die beiden besprachen, und ich bin sicher, daß er tatsächlich ein Magier ist."

"Genau, damit hat er mir gegenüber sogar geprahlt und gesagt, sobald er sein Gebräu fertig hätte, wofür er", Lila schluckte, "meine Eingeweide haben wollte, würde er alles beherrschen, oder so ähnlich."

Bregard runzelte die Stirn: "Das ist ja furchtbar, wir müssen unbedingt hier raus, die anderen warnen und irgendetwas unternehmen, um dieses Monster zu stoppen!"

Sie verließen nun, wiederum durch den Bach, ihren Zufluchtsort und gingen langsam, weil von Hunger geschwächt, weiter, währenddessen Lila und Camilla Bregard nun abwechselnd erzählten, was sich bei ihnen alles ereignet hatte.

Bregard zuckte jedesmal zusammen, wenn Camilla etwas von ihren Verletzungen berichtete, wie zum Beispiel den Angriff der Gottesanbeterin, das Aufschürfen der Hände und Füße sowie den Bruch des Flügels beim Sturz. Als sie zu Ende erzählt hatten, atmete er tief durch; man sah ihm an, daß er regelrecht mitgelitten hatte.

Über all dem vergaßen sie nicht, ständig die Umgebung im Auge zu behalten, um mögliche Gefahren sofort zu erkennen, obwohl die Pyramide nun schon sehr weit hinter ihnen lag.

"Meint ihr nicht, daß wir, beziehungsweise einer von uns, noch einmal versuchen sollte, über den Nebel zu kommen, um die Richtung festzustellen, in der wir hier fortkommen?" fragte Lila.

"Ich glaube nicht, daß das viel Sinn hat", entgegnete ihre Cousine, "aber versuchen kann man es ja. Es müßte natürlich einer von euch machen, ich werde noch für mindestens drei Wochen nicht fliegen können."

Lila und Bregard hatten die Pause in dem Versteck genutzt, Camillas Flügel mit zwei Stöcken, die sie mit geflochtenen Halmen befestigt hatten, zu schienen, damit er gerade zusammenwachsen konnte.

"Gut", sagte Bregard, "ich werde es versuchen", und ohne eventuelle Einsprüche abzuwarten, flog er hoch.

"Hoffentlich schafft er es", drückte Lila ihm die Daumen. Camilla legte einen Arm um Lilas Schultern, "wir werden es schon hinkriegen", tröstete sie, blickte aber alles andere als überzeugt drein.

Es dauerte nicht lange, da landete Bregard wieder neben ihnen.

"Beinahe hätte ich euch nicht wiedergefunden", keuchte er, noch außer Atem von der Anstrengung, "je höher ich flog, desto höher stieg auch der Nebel um mich und wurde immer dichter; man kommt einfach nicht nach oben hinaus!"

"Wir haben das ganz zu Anfang, als wir uns verflogen hatten, auch versucht, und uns ist es genauso ergangen. Das muß ein Zaubernebel sein, denn Urkalan kann ihn ja nicht direkt steuern, weil er ja nicht weiß, wo wir genau sind, sonst hätte er uns ja schon längst wieder eingefangen. Also muß der Nebel irgendwie direkt auf uns selbst reagieren", vermutete Camilla, was ihr bewundernde Blicke seitens Bregard eintrug, der soweit noch überhaupt nicht gedacht hatte.

"Außerdem hat der Nebel noch eine weitere unangenehme Eigenart", fuhr sie fort, "denn sobald man keinen Weg, oder wie wir jetzt einen Bach, zur Orientierung hat, schafft man es einfach nicht, eine gerade Linie einzuhalten. Man verliert völlig das Gefühl für Nord, Süd, West und Ost."

"Und wie wollen wir dann jemals hier herauskommen?" fragte Lila kläglich. Doch darauf wußte vorläufig keiner der anderen eine schlüssige Antwort. In Ermangelung anderer Alternativen setzten sie ihren Weg entlang des Baches fort. Dann, plötzlich und unvermutet, tauchte eine der Ameisen direkt vor ihnen aus dem Nebel auf. Sie mußte dort vollkommen starr gestanden haben, so daß sie auch nichts gehört hatten. Das Tier schien im ersten Moment genauso überrascht zu sein wie sie, dann, wohl vermutend, daß es gegen gleich drei Gegner nicht allzu viel würde ausrichten können, drehte es sich blitzschnell um und rannte davon.

"Sch ... , jetzt wird sie die anderen holen, und so schnell laufen wie die können wir nicht. Was nun?"

Um schneller vorwärts zu kommen verließen sie den Bach und rannten an seinem Ufer entlang. Hier wurde der Bach langsamer und flacher, dann standen sie plötzlich am Ufer, vor ihnen erstreckte sich die ölige Wasserfläche des Sumpfes. Erschrocken blieben sie stehen. Camilla raffte sich als erste wieder auf.
"Kommt, einfach weiter, ich glaube, die Ameisen werden uns nicht ins Wasser verfolgen!"
Das war einleuchtend, also wateten sie in den Sumpf hinaus.
"Wir sollten aber trotzdem versuchen, uns die Richtung zu merken, denn es wird jetzt Nacht, wir sind erschöpft und außer der Insel hinter uns werden wir wohl kaum einen Ruheplatz finden", mahnte Bregard.
Sie hatten kurz angehalten und blickten sich um.
"Äh, ich glaube, ich weiß jetzt schon nicht mehr, wo wir hergekommen sind", sagte Lila und blickte in das undurchdringliche Grau um sich herum.
"Wir kamen von dort", behauptete Camilla und wies hinter sich.
Bregard blickte zweifelnd drein: "Ich meine, wir wären von da gekommen", korrigierte er und zeigte in eine andere Richtung. Lila fing an zu weinen. Schnell legte Bregard seinen Arm um sie.
"Es wird schon nicht so schlimm, wir gehen einfach weiter und finden einen Weg", sagte er im überzeugendsten Ton, dessen er fähig war, gleichzeitig aber sah er Camilla hilflos ins Gesicht.
Resigniert stapften sie durch die modrige Brühe. Wieder einmal verging nicht viel Zeit, bis sie vor dem nächsten Problem standen: Das Wasser wurde immer tiefer und der Grund immer weicher. Sie hatten schon Mühe, bei jedem Schritt die Füße wieder freizubekommen, und Lila ging das Wasser schon bis zur Brust.
Sollten sie einen anderen Weg versuchen, oder sollten sie schwimmen? Zu allem Überfluß schwand jetzt auch noch das letzte Tagesicht. In der Dunkelheit vor ihnen hörten sie nun ein leises Plätschern, welches sich in rhythmischen Abständen wiederholte und langsam stärker wurde. Dann kam auch noch ein schlürfendes

Gurgeln dazu. Verängstigt klammerten sich Lila und Camilla an Bregard, dem allerdings keineswegs besser zumute war, der sich aber zwang, es sich nicht anmerken zu lassen, um die Mädchen nicht noch mehr in Panik zu versetzen.

Jetzt sahen sie ganz schwach ein gedämpftes Licht welches sich in ihre Richtung bewegte. Hatten Urkalan oder Gregor sie entdeckt? Es war eindeutig ein Ruderboot, das sich dort näherte. Die Geräusche waren das Eintauchen der Ruder und der Sog des Kielwassers. "Verdammt, ich wollte längst zu Hause sein, da wird Martha wieder sauer sein", hörten sie eine Stimme. Das war weder Urkalan, noch Gregor! Das Boot glitt dicht an ihnen vorüber.

"Gut, daß ich mein Miniradar entwickelt habe, sonst könnte ich hier keine Naturschätze sammeln, ich würde ja nie wieder hinausfinden, wo hier ja nicht einmal ein Kompaß funktioniert!"

Das Boot war fast schon vorbei, da sah Bregard eine Leine, die normalerweise wohl dazu diente, das Boot an einem Anleger zu befestigen, die aus dem Boot ins Wasser hing und hinterhergeschleift wurde.

"Haltet euch an mir fest", wisperte er und warf sich, so gut es eben mit dem 'Ballast' ging, nach vorne. Gerade so eben noch bekam er die Leine zu fassen und konnte sich festhalten. Nun wurden sie wüst durch die trübe Brühe gezogen und hatten Mühe, die Köpfe über Wasser zu halten. Aber sie alle sahen ein, daß dies die vielleicht letzte Chance war, aus dem Moor zu kommen.

Als Bregard schon dachte, ihm müßten gleich die Arme abfallen, durchbrach das Boot die Nebelwand und glitt hinaus in eine sternenklare Nacht. Vor ihnen saß, mit Blick zu ihnen, ein Mann mittleren Alters, der die Ruder mit kräftigem Schlag bewegte. Zum Glück schien er so mit sich selbst beschäftigt, daß er sie nicht wahrnahm. Bregard ließ das Seil fahren, und der Abstand zum Boot vergrößerte sich rasch. Nicht allzuweit entfernt sah man das Ufer, von wo aus ein halb verrotteter Anleger ins Wasser hinaus führte.

Dort machte der Mann das Boot fest und verschwand zwischen hohen Reethalmen. Ein Automotor brummte, und zwei Scheinwerfer leuchteten auf. Die Lichter beschrieben einen Halbkreis, dann sah man in ihrem Kegel einen Feldweg auftauchen, auf dem sich der Wagen rasch entfernte.

Mit letzter Kraft schafften die Elfen es noch ans Ufer, wo sie sich erst einmal erschöpft fallen ließen, um neue Kräfte zu sammeln.

13

Killy saß mit rotgeweinten Augen vor der Hütte. Auch die letzte Nacht hatte sie keinen Schlaf gefunden. Heute würde sie zum Ullasee fliegen und Sara die bittere Nachricht überbringen müssen. Wie konnte sie ihrer Schwester unter die Augen treten? Unglücklich barg sie ihr Gesicht zwischen den Händen. Sie wollte noch bis Mittag warten, dann käme sie genau mit Einbruch der Dunkelheit am Ullasee an, so daß sie nicht mehr so viele Elfen anträfe. Denn diesen dann auch noch Rede und Antwort stehen zu müssen, ginge über ihre Kräfte.

Die Sonne stand hoch am Himmel, und es war sehr warm, als Killy die Sachen zusammenpackte, die sie mitnehmen wollte und sich fertigmachte. Als sie gerade losfliegen wollte, sah sie von Ferne sich drei Elfen nähern, nicht aus Richtung des Dorfes, sondern von der anderen Seite. Was die wohl zu ihr führte, oder wollten sie ins Dorf? Und wieso gingen sie zu Fuß? Killy entschied, daß soviel Zeit noch übrig war, abzuwarten, bis sie da waren. Erkennen konnte sie keine der drei Elfen, zum einen, weil sie noch recht weit weg waren, zum anderen, weil ihre Augen vom vielen Weinen geschwollen waren und brannten, so daß sie alles etwas unscharf wahrnahm. Die drei kamen immer näher, da setzte kurzfristig Killys Herzschlag aus, und ihre Knie wurden weich.

"Camilla, Lila", flüsterte sie, dann schrie sie es vor Glück heraus: "Milla, Lila!!!" und rannte so schnell es ihre Beine hergaben auf sie zu und schloß die Mädchen schluchzend in die Arme.

"Oh, Mama, endlich!" Camilla preßte sich an ihre Mutter. Dann umarmte Killy auch den verlegen dreinschauenden Bregard. "Du hast sie mir wiedergebracht mein Junge, ich weiß nicht, wie ich dir das jemals danken kann!"

Bregard murmelte irgendetwas Unverständliches und blickte zu Boden. Nun registrierte Killy auch Camillas notdürftig geschienten Flügel.

"Mein Gott, Kind, was ist passiert?"
Sie strich den beiden Mädchen über die nicht mehr gerade sauberen Haare, wobei sie auch Camillas Kopfverletzung bemerkte; "Oh nein, oh nein, oh nein, was habt ihr nur durchgemacht! Kommt erstmal 'rein." Sie führte die drei in ihre Hütte, wo die Mädchen loslegten und, sich gegenseitig unterbrechend, versuchten, alles gleichzeitig zu erzählen, während Bregard still dabei saß.

"Stop erstmal!" befahl Killy, "wir machen das anders. Ihr alle werdet jetzt zuerst ein Bad nehmen und essen. Währenddessen hole ich Bregards Eltern und Histran, dann könnt ihr erzählen, sonst müßt ihr alles x-mal wiederholen."

Sie duldete keinen Widerspruch, und so ergaben sich die drei in ihr - nun wieder angenehmeres - Schicksal. Bevor Killy ging, untersuchte sie noch einmal genauer Camillas Verletzungen und ließ ihnen fachmännische Behandlung zukommen. Auch Hände und Füße wurden mit Heilsalbe behandelt. Glücklicherweise hatte sich keine der Wunden entzündet.

Erst, als alle frisch und sauber am Tisch saßen und heißhungrig ihre erste richtige Mahlzeit seit - wie sie es empfanden – ewiger Zeit verschlangen, machte sich Killy auf den Weg ins Dorf. In fast unglaublich kurzer Zeit war sie zurück. Als Erste stürmte atemlos Bregards Mutter durch die Tür: "Mein Junge, mein Junge, du bist wieder da! Wir haben uns solche Sorgen gemacht! Mach so etwas bloß nie wieder, ohne uns vorher Bescheid ... !"

"Nu' mal ruhig, Marga", unterbrach der jetzt hereinkommende Vater ihren Redeschwall gelassen, "er ist doch schon siebzehn, und außerdem ist er ja heil und gesund wieder da."

Mittlerweile hatten auch Killy und Histran das Haus betreten. Nachdem die ersten hektischen Begrüßungen ausgetauscht waren, beruhigten sich alle ein wenig.

"Ich bin der Meinung, wir sollten uns jetzt in aller Ruhe erstmal die Geschichte anhören, die ihr zu erzählen habt," sagte Histran, "am besten fangt ihr Mädchen an, damit wir alles in der richtigen Reihenfolge haben. Und bitte: Immer nur eine zur Zeit!" setzte er noch schnell hinzu, als er sah, wie Lila und Camilla gleichzeitig Luft holten.

Und so hörten sich nun die Erwachsenen mit wachsendem Staunen und Erschrecken die ganze Geschichte an, ohne allzu häufig mit Zwischenfragen zu unterbrechen.

Als die Kinder ihren Bericht beendet hatten, saßen sie erst einmal schweigend und betroffen in der Runde. "Eines", so resümierte Histran, "eines steht fest, hier müssen wir eingreifen. Dies ist eine Gefahr, die gar nicht hoch genug eingeschätzt werden kann, und wenn wir die Pläne dieses Usurpators hören, müssen wir davon ausgehen, daß wir hier nicht mehr lange in Frieden werden leben können, ebenso wie alle anderen Lebewesen, auch die Menschen. Aber, bevor ihr jetzt Einwände erhebt, nein, ich weiß auch noch nicht was und wie. Wir müssen in einem ersten Schritt alle Dorfbewohner informieren, und jeder soll sich Gedanken machen, was zu tun ist. Dann werden wir die machbaren Vorschläge herausfiltern, einen Plan aufstellen und gegebenenfalls agieren. Ich werde noch heute abend eine Versammlung abhalten, damit alle Bescheid wissen, und ich wäre froh, wenn einer von euch, oder auch alle", dabei blickte er Lila, Camilla und Bregard an, "mitkommen würden, um spezielle Einzelfragen, die Urkalan, die Pyramide oder ähnliches betreffen, beantworten könntet, da ihr das alles aus erster Hand kennt. Wie gesagt, die Versammlung findet erst heute abend statt, so daß ihr euch, wenn nötig, noch ein bißchen hinlegen und schlafen könnt. Ich würde es ja auch auf morgen verschieben, aber so wie ihr Urkalan geschildert habt, fürchte ich, daß jede Stunde kostbar ist."

Die drei nickten zustimmend und versicherten, daß sie alle kämen. Dann verließen Histran, Bregard und dessen Eltern die Hütte Richtung Dorf und Killy befahl: "Ab, Marsch ins Bett, jetzt ist vorläufig nichts mehr so wichtig, als daß es nicht ein bißchen warten könnte!"

14

Der Dorfplatz schien zu kochen, der Lärm war ohrenbetäubend, zig Leute redeten durcheinander, schrien, gestikulierten, diskutierten, weinten. Der Bericht der beiden Elfenmädchen und Bregards war eingeschlagen wie eine Bombe. Histran hatte alle Mühe, den Geräuschpegel zu dämpfen und mußte schließlich sogar die große Glocke benutzen, um wieder für Ruhe zu sorgen.

"Liebe Mitbürger, so kommen wir nicht weiter! Alles, was wir jetzt in Angriff nehmen, muß mit großer Sorgfalt überlegt und ausgeführt werden, denn unser aller Zukunft hängt davon ab. Darum bitte ich euch, setzt euch zu Hause hin, überdenkt, was ihr gehört habt, führt euch unsere Fähigkeiten und Möglichkeiten vor Augen, und überlegt euch dann eure Vorschläge. Denn jetzt alle in der ersten Aufregung und Wut herausgeplatzten Ideen, von denen die meisten illusorisch sind, durchzudiskutieren, wäre Zeitverschwendung. Ihr könnt euch auch in Gruppen zusammensetzen, so daß gegenseitig schon Denkfehler ausgemerzt werden können. Wenn wir uns dann morgen im Rathaus um die gleiche Zeit treffen, möchte ich, daß aus jedem Haushalt, beziehungsweise jeder Gesprächsgruppe ein Sprecher bestimmt wird, der die Ideen vorträgt, damit es kein großes Durcheinander gibt und wir möglichst schnell zu Ergebnissen kommen. Damit genug für heute, ich glaube, ihr habt mehr als genug Stoff für die kommende Nacht und morgen. Ich wünsche euch, uns allen, den nötigen Erfolg, gute Nacht!"

Murmelnd und durcheinanderredend verlief sich die Versammlung allmählich. Bei Histran traf sich nun ebenfalls eine Gesprächsgruppe, zu welcher, neben Histran selbst, Killy, Toldar (Bregards Vater), Jondras, Meanmar, sowie natürlich Lila, Camilla und Bregard gehörten.

"Also, einen offenen Angriff mit Waffen können wir von vornherein vergessen", stellte Jondras fest, "erstens fänden wir wohl nur schwer zur Pyramide, und vor allem dürften unsere Waffen, gegen Menschen eingesetzt, wohl kaum irgendeine nennenswerte Wirkung haben. Dazu kommen ja auch noch diese Unmengen gepanzerter Ameisen, bei denen wir selbst zu mehreren schwer zu kämpfen hätten, auch nur eine einzige zu erledigen."

"Ja, das steht außer Frage, der Weg ist nicht gangbar. Wir müßten dann schon irgendwelche stärkeren Verbündeten haben, und dazu fällt mir nichts ein", kam es von Histran. "Vielleicht sollten wir die Elfen vom Ullasee um Hilfe bitten", warf Killy ein, "wir müssen sowieso dort hin, um sie zu warnen und sie auf den neuesten Kenntnisstand zu bringen."

"Letzteres ist natürlich klar, aber inwieweit sie in diesem Fall helfen können, steht noch in den Sternen, wir haben ja nicht einmal für uns bisher Einsatzmöglichkeiten gefunden", entgegnete Histran.

"Was, wenn wir Menschen um Hilfe bäten?" ließ sich nun die quäkende Stimme Meanmars vernehmen.

"Das ist doch totaler Quatsch", regte sich Jondras auf, "die glauben doch nicht mal, daß es uns gibt, und wenn sie dann doch einen von uns sehen, würden sie ihn höchstens 'wissenschaftlich' untersuchen und Versuche mit ihm anstellen!"

"Nun mal sachte", beschwichtigte Histran, "auch wenn dieser Vorschlag erst einmal abwegig klingt, so sollten wir doch keine noch so kleine Möglichkeit außer acht lassen."

Jetzt meldete sich Camilla zu Wort: "Wenn wir die Möglichkeit hätten, die Pyramide zu erreichen und unbemerkt hochzukommen, könnte man doch, mit entsprechender Ausrüstung, den Weg hinein benutzen, den ich genommen habe. Urkalan weiß ja nicht, daß noch jemand außer Lila dort war."

"Ich befürchte, daß er das mittlerweile doch erfahren haben könnte", widersprach Bregard, "vergiß nicht die eine Ameise, die uns am Bach überrascht hat und weggelaufen ist. Wenn die Alarm gegeben hat und ihn oder Gregor dorthin geführt hat, haben sie mit

Sicherheit unsere Spuren gefunden. Und dann noch das aufgefeilte Gitter. Außerdem, was willst du denn da drin erreichen?"

"Das kann ich mir schon denken", rief Lila, "wir hatten es auch schon überlegt, als wir darin waren; nämlich den Rubin zu klauen, dann könnte er die Ameisen nicht mehr kontrollieren, das hat er selbst gesagt!"

"Das wäre ... , wenn das ginge ...", grübelte Histran, "Aber wie dorthin und auch wieder zurück finden?"

"Ich hätte da einen Einfall, der hängt mit Meanmars Idee zusammen", schlug nun Bregard vor, "es gibt da einen Menschen, der, wenn wir ihn überreden könnten, uns vielleicht wirklich helfen könnte."

"Wie, du kennst einen von den Menschen?" fragte sein Vater erstaunt.

"Nein, nicht richtig, aber ... "

"Ach so, ja, ich weiß wen du meinst", kam Camilla die Erleuchtung, "den Mann in dem Boot. Der hatte nämlich Selbstgespräche geführt", erklärte sie nun den anderen, "und dabei gesagt, er habe ein Gerät, das ihn sicher in und aus dem Sumpf führen würde!"

"Genau, den meinte ich!"

"Aber wir wissen doch gar nicht, wo der wohnt", sagte Lila, "wer weiß, wie weit der noch mit seinem Auto weggefahren ist?"

"Ich glaube aber, er sprach davon, daß er oft in den Sumpf fährt und dann könnten wir ihn ja bei seinem Boot erwarten", erinnerte sich Bregard.

"Ich finde", so ließ sich Jondras wieder vernehmen, "bevor wir daran denken, uns in die Gewalt von Menschen zu begeben, sollten wir erst jede andere Möglichkeit ausprobiert haben."

"Wir haben aber, zumindest bisher, überhaupt noch keine andere Möglichkeit zu hören bekommen", mischte sich Killy ein, "ich finde, es wäre einen Versuch wert. Man kann sich ja, wenn man ihn anspricht, so weit außer Reichweite halten, daß er einen nicht erwischen kann."

"Dann müßte man aber ganz schön laut schreien", meinte Meanmar, "Menschen hören im Normalfall ziemlich schlecht!"

"Na ja, das glaube ich nicht so unbedingt", sagte Histran, "ich habe schon häufiger beobachtet, daß Menschen genau gezielt nach Mücken geschlagen haben, deren leises Summen sie nur hören sie aber nicht sehen konnten!"

"Und wenn wir den ganzen Weg zur Pyramide markieren würden, dann brauchten wir keinen menschlichen Führer", versuchte es Jondras noch einmal, worauf Histran antwortete: "Womit sollten wir einen so langen Weg durch den Sumpf denn markieren? Das haut nicht hin! Zudem scheint dieser Mensch, von dem ihr da gesprochen habt, technisch hochqualifiziert zu sein, was man ja von keinem Elf behaupten könnte, und damit könnte er uns im Inneren der Pyramide, bei den ganzen Apparaturen, eine unschätzbare Hilfe sein. Andererseits schlösse das den Weg aus, auf dem Camilla die Pyramide betreten hat, da er dort wohl nicht hindurchpassen würde."

"Wenn er dazu bereit wäre, könnte er uns ja mit Hilfe seines Apparates bis kurz vor die Pyramide begleiten, dann dringen wir auf dem Weg ein, den Camilla benutzt hat und entfernen den Stein; damit entfielen die Wachen - auch am Hauptportal – und er könnte dann von dort hereinkommen", schloß Toldar.

"Das hört sich zwar nicht schlecht an", sagte Killy, "hat aber gleich mehrere Haken: Erstens natürlich, ob wir diesen Wissenschaftler überhaupt überzeugen können, zweitens, ob Camilla den Weg so exakt beschreiben kann, daß wir ihn finden, denn, daß sie selbst mitkommt, kommt vorläufig, allein schon aufgrund der Verletzungen, nicht in Frage, und drittens bleiben, selbst wenn die Ameisen nicht mehr beachtet werden müssen, noch Urkalan und Gregor, die den Forscher am Betreten des Gebäudes hindern oder ihn darin ausschalten können. Ich denke nicht, daß dieser sich gegen zwei so brutale und mit Gregor auch wohl kräftige Männer wird durchsetzen können."

"Vielleicht kennt dieser Mann ja noch andere Menschen, die er zur Hilfe mitnehmen kann, oder vielleicht hat er ja wirksamere Waffen als wir", überlegte Lila.

Hier hakte Histran noch einmal ein: "Wir dürfen die Gruppe, die sich dorthin begibt, nicht zu groß werden lassen, denn wir haben nur dann überhaupt eine Chance, wenn wir es schaffen, unbemerkt zur Pyramide und auch hinein zu gelangen. Das heißt, daß da nicht ein ganzer Trupp Menschen mitkommen kann, selbst wenn sich so viele finden ließen. Ich glaube, wir sind für heute auch schon recht weit gediehen und sollten die weiteren Planungen zurückstellen, bis wir die Vorschläge der anderen gehört haben und bis wir uns, soweit wir bei unserem Vorgehen bleiben sollten, der Mithilfe des Wissenschaftlers versichert haben."

Killy erhob sich: "Wir werden morgen pünktlich da sein, aber für heute, denke auch ich, reicht es. Besonders für unsere drei jungen Abenteurer, die noch einiges an Schlaf aufzuholen haben!"

Damit verabschiedeten sich auch die beiden Mädchen von der Runde und wurden von Histran noch zur Tür begleitet: "Ich danke euch noch einmal dafür, daß ihr, besonders du, Camilla, mit deinen Verletzungen, gekommen seid. Ihr wart eine große Hilfe, und ich freue mich auch, daß ihr morgen wieder dabei sein wollt!"

"Das ist doch selbstverständlich", wehrte Camilla ab, "schließlich betrifft uns das ja besonders."

"Also, bis Morgen!"

"Bis dann, schlaft gut!"

Damit machten sich Killy, Camilla und Lila auf den Heimweg. Den nächsten Tag verbrachten Lila und Camilla hauptsächlich mit Faulenzen. Sie räkelten sich auf einer Decke, die sie in der warmen Sonne auf der Blumenwiese ausgebreitet hatten und ließen sich von Killy - die ihnen das von sich aus aufgedrängt hatte - verwöhnen. Ab und zu, besonders als es gegen Mittag gar zu heiß wurde, planschten sie in dem klaren, kühlen See und vergaßen dabei vorübergehend die dunkel drohenden Wolken der kommenden Ereignisse.

Am Nachmittag gesellte sich auch noch Bregard zu ihnen, um, wie er sagte, dem ständigen Gejammer seiner Mutter zu entkommen.

"Sag mal, Bregard, wirst du bei der geplanten Mission dabei sein?" fragte Lila. "Ich will nämlich auf jeden Fall mit!"

"Ich weiß noch nicht, einmal steht ja noch gar nicht fest, ob das überhaupt so gemacht wird, und zum anderen will meine Mutter mich auf keinen Fall wieder weglassen. Aber wollen tu ich's schon. Vielleicht kann mein Vater meine Mutter ja noch umstimmen."

"Ey, Lil, glaubst du denn im Ernst, daß sie dich mitnehmen?" warf Camilla ein und piekste Lila mit dem Finger in die Seite, "die erzählen dir doch mit Sicherheit, daß du für ein so gefährliches Unternehmen noch viel zu jung bist!"

"Och Mann, ich will aber mit!" trotzte Lila und machte einen Schmollmund, "das letzte Mal, als wir allein da waren, war doch viel gefährlicher!"

"Ich werd mich für dich einsetzen, Lil," tröstete Bregard, "ich sag einfach, daß ich mich nicht überall genau genug an den Weg erinnern kann und daß du dich ja auch in der Pyramide besser auskennst."

"Das würdest du für mich tun? Oh, danke Bre!"

"Kein Problem, aber nenn mich bitte nicht Bre, das find ich furchtbar. So hat mich auch mein ekliger Lehrer immer genannt."

"O.k. Bre, äh, Bregard, 'Tschuldigung!"

"Ich find's echt Scheiße, daß ich dann hier allein rumhocken muß, während ihr die ganzen spannenden Sachen erlebt!" ärgerte sich Camilla.

"Find ich auch", sagte Bregard, "irgendwie gehören wir drei nach dieser Geschichte zusammen, aber solange du nicht fliegen kannst, hast du keine Chance, mitgenommen zu werden. Und außerdem, ob das wirklich so toll wird? Denk doch mal dran, was dir alles passiert ist! Möchtest du das nochmal erleben?"

"Nein, natürlich nicht, aber ich fühle mich so abgeschoben und hilflos, weil ich nichts tun kann und ständig Angst um euch hätte."

"Das versteh ich, aber die werden ja nicht warten können, bis dein Flügel wieder in Ordnung ist. Oder was meinst du, Milla, ich kann ja auch bei dir bleiben."

"He, und was ist dann mit mir?" empörte sich Lila, "ich hab doch keinen Bock, mit all diesen Grufties allein rumzuziehen!"

"Nein, ich würde auch nicht wollen, daß du hierbleibst, Bregard", beschwichtigte Camilla, "ich hab ja nur gesagt, daß ich es schade finde, nicht mitzukönnen. Ich meine, ich könnte schon in ein bis zwei Wochen wieder fliegen. Wenn sie doch nur so lange warten könnten!"

"Da hast du vielleicht sogar Glück, dann verpaßt du womöglich nur, wenn der Forscher angesprochen werden soll, denn danach wird wohl noch eine ganze Zeit für Vorbereitungen ins Land gehen," vermutete Bregard, und Camilla sah wieder ein bißchen weniger unglücklich aus.

Den Rest des Nachmittages verbrachten sie damit, ihre Abenteuer nochmal wiederaufleben zu lassen, sich an die einzelnen schrecklichen oder auch hoffnungsvollen Momente zu erinnern und nebenbei die großen Mengen von Kuchen verschwinden zu lassen, die Killy für sie gebacken hatte.

"Kinder! Es ist schon spät, wir müssen gleich los, sonst kommen wir zu spät!" unterbrach Killys Rufen die Idylle.

"Ja, Mama, wir kommen! Boh, ich komm kaum hoch", stöhnte Camilla, "ich hab viel zu viel Kuchen gegessen, wer trägt mich?"

Sofort eilte Bregard hinzu, der eine solche Gelegenheit nicht ungenutzt verstreichen lassen wollte, seiner Angebeteten möglichst nahe zu sein.

"Hey, das war nur'n Scherz", wehrte Camilla ab, "ich lauf natürlich selber!"

Das brachte ihr einen enttäuschten Blick von Bregard ein, den sie aber nicht weiter beachtete.

Zu viert marschierten sie nun zu dem Treffen ins Dorf. Dank Killy's Besorgnis, zu spät zu kommen, waren sie nun die ersten, die bei Histran eintrudelten; fast zwanzig Minuten zu früh!

"Typisch Mama", grinste Camilla, "aber wenn ich mal mit ihr los will, dann ist sie immer zu spät!"

Ein Gutes hatte es aber auch, daß sie so früh waren, denn Histran spendierte jedem von ihnen - sogar Lila - ein Glas selbstgebrauten Himbeersekt, der wunderbar schmeckte und angenehm im Magen kribbelte.

Dann aber war es mit der Ruhe vorbei, als die anderen abgeordneten Sprecher eintrafen. Als alle Platz genommen hatten, eröffnete Histran die Versammlung. Als erstes trug er vor, zu was für Ideen sie selbst gestern gekommen waren. Dann rief er die Sprecher auf, sich zu Wort zu melden, wenn sie konstruktive Vorschläge zu unterbreiten hätten.

Alles in allem war nicht allzu viel dabei, auf das sie nicht auch gekommen waren. Einige Vorschläge, die wohl in besonderem Maße von Furcht diktiert waren, gingen dahin, alles zusammenzupacken und möglichst weit weg ein neues Zuhause zu suchen.

Erwartungsgemäß fanden derlei Vorschläge aber keine Mehrheit, zumal eine solche Lösung das Problem nicht beseitigt, sondern nur hinausgeschoben hätte. Zusätzlich beschlossen wurde lediglich, Wachen bis an den Sumpfrand zu postieren, um mögliche Annäherungen von Feinden, seien es die Ameisen oder auch die Menschen, rechtzeitig zu bemerken, um Vorsichtsmaßnahmen ergreifen zu können. Dann sollte, als erster Schritt des Planes, eine kleine Gruppe, bestehend aus Histran, Meanmar, Bregard und Lila, - die ganz überrascht war, so problemlos mit dabei zu sein – zu dem Anleger fliegen und dort warten, bis der Forscher wieder auftauchte, um ihn anzusprechen. Der Start wurde schon auf den kommenden Morgen festgesetzt, da für diese Unternehmung keine größeren Vorbereitungen erforderlich waren, außer, genügend Lebensmittel für eine längere Wartezeit mitzunehmen.

15

Am nächsten Morgen verabschiedete sich Lila von Camilla: "Ich werd dir auch ganz genau berichten, was passiert", versprach sie, "und werd schnell gesund, damit du dann bei der Hauptaktion wieder dabei bist. Tschüß, Milla!"
Sie umarmte Camilla, anschließend auch Tante Killy, die sie natürlich noch ermahnen mußte, vorsichtig zu sein - dabei war sie das doch selbstverständlich immer, oder? – dann flog sie ins Dorf, wo die anderen drei schon voll ausgerüstet warteten.
"Bin ich zu spät?" rief Lila außer Atem, als sie neben ihnen landete.
"Nein, nein", beruhigte Meanmar, "eher sind wir etwas zu früh dran gewesen."
"Hast du alles, was du brauchst, Lila?" erkundigte sich Histran, "wenn ja, schlage ich vor, daß wir die Zeit nutzen und losfliegen sollten."
"Doch, ja, ich habe alles dabei", bestätigte Lila, worauf sie gemeinsam starteten und in ruhigem Tempo in der von Bregard bestimmten Richtung losflogen. Dabei kamen sie auch noch einmal an Killys Hütte vorbei und winkten ihr und Camilla zu, die gerade davor saßen und frühstückten. Die beiden winkten zurück, dann waren sie auch schon vorbei.
"Tut mir leid, Lila, daß ich nicht daran gedacht habe, daß wir ja an Killys Haus vorbeikommen", bedauerte Histran, "sonst hätten wir dich ja hier abholen können."
"Das macht doch nichts, dies Stückchen Weg mehr", winkte Lila ab, "so schlapp bin ich nicht, daß mir das etwas ausmachte."
Histran lächelte: "Das habe ich auch nicht gedacht, aber es wäre halt nicht nötig gewesen, und du hättest etwas länger schlafen können."
"Früh aufstehen macht mir nichts aus", flunkerte Lila, "außerdem konnte ich sowieso nicht mehr schlafen, weil ich zu aufgeregt war."
Von dem nun folgenden Flug bis zu dem Anleger gab es nichts weiter Bemerkenswertes zu erwähnen.

Sie erreichten die Stelle erst am Spätnachmittag, da man einen Teil des Moores umrunden mußte, um dorthin zu gelangen.

Das Ruderboot des Forschers lag vertäut am Steg, und weit und breit war kein Lebewesen zu sehen, außer einer Unzahl von Mücken.

"Heute wird er wohl nicht mehr kommen, es ist ja schon bald Abend", meinte Bregard, "ich hoffe nur, daß wir hier nicht tagelang vergeblich warten müssen."

"Das hoffe ich auch, insbesondere, weil die Zeit drängt", pflichtete Histran bei, "jeden Augenblick kann Urkalan etwas unternehmen!"

Sie machten sich ein Lager im Schilf zurecht, das so dicht von den hohen Stauden umgeben war, daß sie es riskieren konnten, ein kleines Feuerchen zu machen, damit sie etwas Warmes zum Essen zubereiten konnten. Rund um das Feuer bauten sie sich Betten aus Moos.

Nach dem Abendessen legten sich Histran, Bregard und Lila schlafen, während Meanmar die erste Wache übernahm. Im Laufe der Nacht wechselten sie sich jeweils nach zwei Stunden ab. Als es Morgen wurde, weckte Bregard, der die letzte Wache gehabt hatte, die anderen. Nachdem sie sich gewaschen und gefrühstückt hatten, begann die Warterei von neuem. Doch auch an diesem und am nächsten Tag warteten sie vergebens. Allmählich wurden sie unruhig.

"Sehr lange können wir nicht mehr warten", sagte Histran, der schon stündlich mit Übergriffen seitens Urkalan rechnete, "wir müssen wohl oder übel bald heimkehren!"

Lila erschrak, sollte alles umsonst sein? Sie beschloß, allein zu handeln.

"Ich muß mal", sagte sie zu Bregard, "und nicht erschrecken, wenn es länger dauert, ich hab schlimme Verstopfung!"

"O.k., ich sag es den anderen, wenn sie fragen sollten." Lila jedoch hatte alles andere vor, als ihr Geschäft zu machen!

Als sie genügend Sichtschutz zwischen sich und die anderen gebracht hatte, jagte sie los, den Feldweg entlang, den vor einigen Tagen der Wagen des Wissenschaftlers genommen hatte. Sie hegte die Hoffnung, daß dieser nicht allzu weit entfernt wohnen möge. Ihre Hoffnung wuchs, als der Weg über eine Hügelkuppe führte und in eine Straße mündete, die wiederum auf ein Dorf zuführte, welches dort unten in einem flachen Tal vor ihr lag. Das Dorf war nicht sehr groß, so daß sie guten Mutes war, sollte der Mann dort leben, ihn auch finden zu können.

Sie flog nun sehr niedrig und nutzte jede Deckung, um nicht gesehen zu werden. Bald hatte sie die ersten Häuser erreicht. Nun mußte sie sehr vorsichtig sein, denn es war ein warmer Nachmittag, und viele der Dorfbewohner waren noch draußen.

Wachsam spähte sie in jeden Garten und durch jedes Fenster, welches sie gefahrlos erreichen konnte. Das war sehr spannend und aufschlußreich, denn außer der Pyramide hatte sie bislang menschliche Bauwerke weder von innen noch von außen aus näherer Entfernung gesehen. Sie stellte fest, daß sich die Einrichtung der Häuser gar nicht so sehr von denen der Elfen unterschied, außer, daß natürlich alles sehr viel größer war. Die meisten Häuser waren klein und gemütlich, aber es gab auch einige Höfe, in deren Nebengebäuden sie auch erstmals Schweine, Kühe und Pferde aus nächster Nähe betrachten konnte. Sie merkte aber auch schnell, daß sie sich in acht nehmen mußte, denn die Tiere wurden meist unruhig, wenn sie das Summen ihrer Flügel vernahmen, und schlugen mit ihren Schwänzen oder Schweifen nach ihr.

Dann kam sie an ein kleineres Fachwerkhaus mit einem großen, leicht verwilderten Garten, in dessen Einfahrt ein Auto stand, das dem des Forschers in ihrer Erinnerung recht ähnlich sah. Ihr Herz schlug höher. Und dann kam ein Mensch um die Hausecke: Das war er! Sie erinnerte sich genau an das Gesicht. Gerade wollte sie auf ihn zufliegen, da bog er ab und

verschwand durch eine Tür, die er hinter sich schloß, im Haus.
Neben der Tür war ein Fenster, und darunter stand ein wießer Gartentisch. Lila flog dort hin, um vom Tisch aus in das Fenster zu spähen. Kaum stand sie auf dem Tisch, da bemerkte sie einen Schatten hinter dem Fenster; schnell erstarrte sie in der Bewegung, um nicht entdeckt zu werden. Im Haus, hinter dem Fenster, ertönte nun das Geklapper von Töpfen; sie war also nicht bemerkt worden! Gerade, als sie sich dichter an die Scheibe schleichen wollte, meinte sie, eine Bewegung hinter sich bemerkt zu haben. In dem Moment, in dem sie sich umdrehen wollte, sah sie noch einen Lichtreflex aufblitzen, dann knallte etwas um sie herum auf die Tischplatte. Es gelang ihr gerade noch rechtzeitig, in die Hocke zu gehen, denn das Glas, in dem sie sich nun gefangen sah, war nicht allzu groß und hätte ihr andernfalls wohl die Flügel abgeknickt.
"Papa, Papaaaa! Ich hab 'n klein'n Engel gefangen!" schrie nun eine nahe Stimme in einer Lautstärke, daß Lila dachte, ihre Trommelfelle müßten platzen. Leicht verzerrt durch das Glas erblickte sie ein etwa fünfjähriges Mädchen mit dunklen Haaren und großen, im Moment weit aufgerissenen blauen Augen.
"Papa, schnell, nun komm doch!"
"Du hast etwas gefangen, einen Engel?" hörte man nun die Stimme des Vaters, "komm doch rein und zeig ihn mir!"
"Das geht nicht", antwortete die Kleine in unverminderter Lautstärke, "sonst fliegt er weg!"
"Anna, was erzählst du denn da … wo hast du denn deinen Fang?"
"Na hier doch!" erwiderte Anna und zog ihre Hand von dem Glas.
Lila konnte sehen, wie sich die Augen des Vaters ungläubig weiteten.
"Ich glaub', mich tritt ein Pferd! Ja, träum ich denn? Das gibt's doch gar nicht ... !"
Schnell griff seine große Hand nach dem Glas.

"Du darfst sie nicht so unter ein Glas sperren, Anna, da kriegt sie doch gar nicht genug Luft! Außerdem ist das kein Engel, sondern eine Elfe, obwohl ich zugeben muß, daß ich dachte, die gäbe es nur im Märchen."
Mit diesen Worten nahm er das Glas hoch.
"Halt sie doch fest, Papa, ich will sie behalten und mit ihr spielen, und morgen will ich sie im Kindergarten zeigen!"
"Nein, meine Kleine, das darf man nicht, sie ist doch ein denkendes Wesen wie wir; wir können nicht über sie bestimmen, oder sie gefangen halten!"
Nun wandte er sich der eingeschüchtert dahockenden Lila zu: "Hallo, sag, kannst du womöglich unsere Sprache verstehen?"
Lila war noch zu sehr verschreckt, um ein Wort herauszubekommen, nickte aber zustimmend.
"Du brauchst keine Angst vor uns zu haben, wir werden dir nichts tun", versprach der Forscher, "ich heiße übrigens Bernhard, und das hier ist meine Tochter Anna. Auch sie wollte dir ganz bestimmt nicht wehtun, aber sie ist noch klein und manchmal etwas unvorsichtig."
"Ich bin gar nich' klein", protestierte Anna, "im Kindergarten sind viel kleinere als ich!"
"Hast du auch einen Namen?" fragte Bernhard.
"Lila", wisperte sie, "ich heiße Lila."
"Das ist ein schöner Name, der gut zu einer Elfe paßt", fand Bernhard, "wo kommst du denn her, wenn ich das fragen darf; ich habe noch nie zuvor eine Elfe gesehen, ja nicht einmal geglaubt, daß es euch gibt."
"Wir wohnen auch ziemlich versteckt, ungefähr einen Flugtag von hier entfernt, nördlich vom Sumpf", antwortete Lila, die allmählich wieder etwas selbstsicherer wurde, als sie merkte, daß ihr keine unmittelbare Gefahr zu drohen schien.
"Ah, dort, aus dem unzugänglichen Naturschutzgebiet, na, da kommt ja auch praktisch nie jemand hin, kein Wunder, daß man euch noch nicht entdeckt hat. Und was führt dich jetzt hier in die Nähe von uns Menschen?

Es kann für Lebewesen wie dich hier sehr gefährlich sein!"

"Ich weiß", sagte Lila, "normalerweise meiden wir deshalb auch euch Menschen, aber ich ..., wir ...", sie gab sich nochmal einen Ruck," wir brauchen Hilfe und wir haben gedacht, daß du in der Lage sein könntest, uns zu retten!"

"Ich, euch retten?" Bernhard zog die Augenbrauen hoch, "wie kommt ihr gerade auf mich, ihr kennt mich doch gar nicht! Klar, wenn ich kann, will ich gerne helfen, aber warum ihr von allen Menschen hier gerade zu mir kommt ... ? Doch bevor wir weitersprechen, wollen wir lieber hineingehen, denn ich bin mir nicht so sicher, wie die Nachbarn reagieren, wenn sie dich hier sehen sollten."

Damit bot er Lila seine Hand, auf die sie sich nun setzte. Dann hob er sie hoch und betrat mit Anna im Schlepptau das Haus, wobei diese fast gestürzt wäre, als sie über die Schwelle traten, da sie ihren Blick nicht von Lila abwenden konnte, so als sei diese eine plötzlich zum Leben erwachte Puppe.

Drinnen im Haus war es sehr gemütlich. Fast alles war aus hellem Kiefern - oder Fichtenholz, den Parkettfußboden schmückten pastellfarbene Teppiche, und an den Fenstern hingen schöne, in warmen Gelbtönen gehaltene Dekorvorhänge.

Bernhard steuerte einen großen Eßtisch an, setzte Lila darauf ab und nahm selbst auf einem der Stühle Platz, während Anna schnell aus dem Raum lief, um kurz darauf mit einem wie für Lila gemachten, gepolsterten Holzstühlchen wieder zu erscheinen.

"Aus meiner Puppenstube", berichtete sie stolz, "damit du auch sitzen kannst, Lisa!"

"Danke, Anna, das ist aber lieb von dir, und ich heiße Lila, nicht Lisa."

"O.k., Lila, willst du auch 'ne Cola?"

"Was ist eine Cola?"

"Cola is'n Sprudel."

"Anna meint, Cola ist ein sprudelndes Erfrischungsgetränk, doch ich weiß nicht so recht, ob du das wirklich probieren solltest, denn darin ist Koffein und ich weiß nicht, wie sich das auf den Kreislauf einer Elfe auswirken könnte. Aber du könntest auch Apfelsaft oder Wasser haben."

"Och ja, Apfelsaft wäre nicht schlecht, ich habe wirklich Durst."

Der Vater holte nun ein Schnapsglas, welches für Lilas Hände immer noch riesig war, aus dem Schrank und füllte es mit Apfelsaft, den Anna aus der Küche geholt hatte, zur Hälfte voll. Dankbar nahm Lila einige Schlucke.

„So, mein Kind, du bist doch noch ein Kind oder? Dann erzähl doch mal genauer, wie ich euch helfen kann, und warum gerade ich es sein soll!"

"Zu deiner ersten Frage, ja, ich bin elf Jahre alt, und meine Lehrerin hat gesagt, daß ihr Menschen ungefähr genauso lange lebt wie wir Elfen, also wäre ich auch bei euch Menschen ein Kind. Das mit der Hilfe ist schon etwas komplizierter, dazu muß ich eine etwas längere Geschichte erzählen, und darin kommen einige Sachen vor, die ihr vielleicht gar nicht glauben könnt."

"Nun, nachdem ich dich gesehen habe, wird es mir wohl nicht allzu schwer fallen, auch noch andere unglaubliche Dinge für wahr zu nehmen!"

Nun berichtete Lila so ausführlich wie möglich von dem, was sie mit Camilla und Bregard erlebt hatte, von den Ameisen, von Gregor, Urkalan und seinen Herrschafts-utopien und schlußendlich, wie sie auf ihrem letzten Fluchtweg auf das Boot gestoßen waren und Bernhards Selbstgespräche gehört hatten.

"Und deshalb", schloß Lila, "weil wir gehört haben, daß du eine Möglichkeit gefunden hast, ohne dich zu verirren, in den Sumpf hinein und auch wieder heraus zu kommen, haben wir gehofft, daß du uns vielleicht im Kampf gegen den Zauberer helfen kannst."

Als Lila nun schwieg, atmete Bernhard erstmal tief durch: "Meine Güte, das ist fürs Erste eine Menge Holz, das zu verdauen! Wenn ich dich nicht gesehen hätte und mir so etwas von einem anderen erzählt worden wäre, hätte ich wohl kein Wort geglaubt, aber so?

Zudem habe ich durch meine Exkursionen in das Moor ja auch schon gemerkt, daß da nicht alles so ganz normal ist, zum Beispiel, daß auch Kompasse dort nicht funktionieren.

Ich werde versuchen, euch zu helfen, aber noch bin ich mir nicht so recht im Klaren, wie das ablaufen könnte. Dieser Zauberer, so es denn wirklich einer ist, oder auch verrückte Wissenschaftler, stellt tatsächlich eine dermaßen große Gefahr dar, daß man gar nicht vorsichtig genug vorgehen kann und ...."

In diesem Moment hörte man das Klappen der Vordertür: "Hallo Liebling, ich bin wieder da" ,war eine Frauenstimme zu vernehmen.

Anna sprang auf und rannte zum Flur; "Mama, Mama, ich hab' 'ne Elfe im Garten gefunden, kann ich die behalten?!"

"Aber Anna, die gehört doch sicher einem anderen Kind, das sie hier verloren hat, die müssen wir natürlich zurückgeben!"

"Nein, Mama, die is' richtig echt und kann reden, und Papa soll gegen einen Zauberer mit Riesenameisen kämpfen!"

"Was redest du da, hat Papa dir mal wieder Märchen erzählt?"

Mit diesen Worten kam sie in das Wohnzimmer.

"Na Berni, was hast du dem Kind da für Flausen in den Kopf ... ?"

Lila hatte sich umgedreht, um die Frau anzusehen. Diese Bewegung hatte diese gesehen und damit Lila erst registriert. Sie schlug die Hände vor den Mund und stolperte gegen Anna, die stehengeblieben war.

"Siehste Mama, die meinte ich, is' die nich' süß?"

"Hallo, Martha, mein Schatz, nette Überraschung, nicht wahr?!"

"Hallo", sagte auch Lila schüchtern.

"Oh Gott, ich muß mich erst mal setzen", japste Annas Mutter, ließ sich auf einen freien Stuhl fallen und sah konsterniert die junge Elfe an, wobei sie ein ums andere Mal den Kopf schüttelte.

"Wo hast du die denn aufgegabelt, Bernhard, du bringst aber auch immer merkwürdigere Dinge mit!"

"Die hat nich' Papa gefunden, die hab' ich draußen gefangen, mit'm Marmeladenglas!"

"Entschuldige bitte", sagte nun Martha zu Lila, "ich bin unhöflich, es ist nur so, daß ich so überrascht war, schließlich gibt es doch gar keine Elfen ..., äh, ich meine vielmehr, ich dachte, es gäbe keine."

"Ach, das macht doch nichts", nahm Lila die Entschuldigung an, "schließlich haben wir uns ja auch immer vor den Menschen versteckt, weil wir Angst hatten, sonst nicht mehr in Ruhe leben zu können."

"Das kann ich verstehen", erwiderte Martha, "aber trotzdem brauche ich jetzt einen Cognac!"

"Bleib nur sitzen, Schatz, ich hole dir einen!"

Während Martha an ihrem Branntwein nippte, erzählte ihr Bernhard nun den Hintergrund des außergewöhnlichen Besuchs.

"Gott, oh Gott, ist das alles furchtbar und beängstigend", entfuhr es Martha, "aber Lila, meinst du nicht, daß sich deine Freunde mittlerweile schreckliche Sorgen um dich machen?"

"Oh je! Das habe ich ja ganz vergessen", rief Lila erschrocken, "ich muß ihnen sofort Bescheid sagen!"

"Warte, kleine Madam, ich werde dich mit dem Auto zum Anleger bringen, das geht schneller, und wir können sie dann auch gleich mit hierher nehmen, ohne daß jemand sie sieht", bot Bernhard an.

"Ich will auch mit", rief Anna, "ich will Lila tragen, darf ich, ja?"

"Na gut, wenn es Lila recht ist!"

Lila hatte keine Einwände und setzte sich vertrauensvoll auf Annas Arm. Dann gingen sie rasch hinten um das Haus zur Einfahrt und setzten sich in das Auto. Lila klammerte sich an Annas Arm, als der Motor losbrummte und sich der Wagen in Bewegung setzte. Fast wurde ihr schwindelig, als sie aus dem Fenster blickte und sah, wie schnell die Landschaft vorbeiraste. Im Handumdrehen waren sie bei dem Anleger angekommen.

"Ich glaube, ich geh erstmal alleine hin, sonst verstecken sie sich, oder fliegen weg."
Anna öffnete ihr die Tür, und Lila flog direkt zu dem verborgenen Lagerplatz. Von dort blickten ihr auch schon die teils sorgenvollen teils ärgerlichen Gesichter ihrer Begleiter entgegen.
"Lila, also, so geht das aber nun wirklich nicht", sagte Histran ernst, "wenn man zusammen eine solche Unternehmung macht, muß man sich gegenseitig völlig vertrauen können! Da kann nicht jeder nach Lust und Laune seinen eigenen Ideen nachgehen, ohne den anderen Bescheid zu sagen, oder sie gar anzulügen!"
Lila senkte den Kopf und blickte total geknickt drein.
"Ich mach so was auch ganz bestimmt nicht wieder", versprach sie, "aber ich dachte, ihr wolltet einfach so wieder weg, und da wollte ich eigentlich nur schnell mal sehen, ob der Mann nicht vielleicht doch ganz nah wohnt."
"Das hättest du uns aber auch sagen können, das hätten wir nicht ausgeschlagen, wir hätten dann ja zusammen nachsehen können. So, nun aber Schluß damit, denn wie wir gesehen haben, hattest du ja sogar zumindest Erfolg mit deinem eigenmächtigen Handeln."
"Ja, Bernhard, so heißt der Wissenschaftler, hat sogar schon gesagt, daß er uns helfen will, wenn er kann, und wir wollten euch jetzt zu ihm nach Hause holen, um weiteres zu besprechen."
"Gut, was meinst du, Lila, kann man ihm voll vertrauen, oder sollte lieber einer von uns zur Sicherheit zurückbleiben, um gegebenenfalls Hilfe zu bringen?"
"Das ist bestimmt nicht nötig, ihm kann man sicher vertrauen", sagte Lila mit überzeugter Stimme.
"Nun, worauf warten wir dann noch", rief Meanmar, "auf geht's!"
Flink flogen sie zu dem Wagen, vor dem Anna schon ungeduldig auf und ab hüpfte.
"Oh, da kommen sie", rief sie aufgeregt, "Hallo, ihr!"
"Guten Tag, ich bin Histran, das ist Meanmar, und das ist Bregard. Lila kennst du ja schon."

Nun wurden sie auch von Bernhard begrüßt, der dann noch ergänzte: "Ich muß euch um Verzeihung bitten, wir haben Lila länger aufgehalten, als sie wohl selbst vorgehabt hat, aber für uns als Menschen war das alles so neu und aufregend, daß wir erst einmal alles wissen wollten, und dabei haben wir die Zeit aus den Augen verloren!"

"Das haben wir auch schon untereinander geklärt", versicherte Histran, "das hat sich erledigt."

Sie setzten sich in den Wagen, und Bernhard brachte sie geschwind zu seinem Haus. In der Einfahrt angekommen, blickte Bernhard erst genau in die Runde, um zu vermeiden, daß sie beim Aussteigen neugierigen Blicken ausgesetzt wären. Dann öffnete er die Türen und brachte die vier ungesehen ins Haus.

Dort hatte Martha schon gespannt gewartet, immer noch nicht so recht glaubend, was sie gesehen hatte. Auch jetzt, als ihr Mann mit Anna und den vier Elfen hereinkam, mußte sie sich erst einmal in den Arm kneifen, um sich zu überzeugen, daß sie nicht träumte.

"Anna?"

"Ja, Mama, was is' ?"

"Geh doch nochmal rauf in dein Zimmer und hol noch das Sofa und einen weiteren Stuhl aus deinem Puppenhaus!"

Sofort rannte Anna los, um das Gewünschte zu holen.

Nachdem sie sich gegenseitig begrüßt und bekanntgemacht hatten, nahmen sie am beziehungsweise auf dem Tisch Platz.

Anna hatte sogar noch den Puppentisch mit heruntergebracht, so daß die Elfen sich nicht immer bücken mußten, wenn sie ihre Gläser, die Martha ihnen hingestellt hatte, erreichen wollten.

"Wieso bist du eigentlich nackt, Lila?" fragte Anna, die ihren Kopf auf den gekreuzten Armen direkt vor den Elfen platziert hatte, "die andern ha'm doch alle was an!"

"Ich bin doch noch nicht sechzehn", antwortete Lila und ergänzte dann mit Blick auf Annas Kleid, "bei uns Elfen ziehen sich nur die Großen etwas an, also die Erwachsenen."

"Du hast's gut", war Annas Kommentar, "ich krieg immer Gemecker, wenn ich mal meine Sachen schmutzig mache!"

"So Anna, nun halt du dich mal ein bißchen zurück, wir müsse jetzt anfangen, über die wichtigen Dinge zu sprechen", ordnete Bernhard an.

"Das ist richtig", sagte Martha, "aber bevor ihr loslegt, möchte ich noch wissen, ob ich euch etwas zu essen anbieten darf und wenn ja, was ihr denn überhaupt mögt."

"Das ist nett, aber zumindest ich habe keinen Hunger", stellte Histran fest, "doch ich spreche nur für mich und möchte niemanden bevormunden."

"Ach, gegen so eine Kleinigkeit zu essen hätte ich nichts", gab Meanmar zu, "ich glaube, so im großen und ganzen essen wir fast das gleiche wie die Menschen, obwohl wir mehr pflanzliche Nahrung bevorzugen."

"Ich eß' am liebsten Nutellabrot", mischte sich Anna wieder ein, "wollt ihr auch?"

"Ein Stück Brot wär schon recht", meinte Meanmar, "auch wenn ich nicht weiß, was Nutellabrot ist."

"Ein bißchen essen könnte ich auch", sagte Lila, und Bregard schloß sich ebenfalls an. Daraufhin verschwand Martha in der Küche und brachte alsbald in kleine Stücke geschnittenes Weiß - und Graubrot, sowie Honig, Marmelade und ein Glas mit einer braunen, streichbaren Masse, die den Elfen unbekannt war.

"Was ist das denn?" fragte Lila und zeigte auf das Glas.

"Das ist Schokoladenbrotaufstrich", erklärte Martha, "probier es doch einfach mal."

Lila tat etwas von der braunen Creme auf eines der Weißbrotstückchen und nahm einen vorsichtigen Bissen.

"Mmh, das schmeckt ja echt gut", und zu Bregard gewandt, "das mußt du unbedingt probieren!"

Während die anderen drei aßen, erläuterte Histran derweil Bernhard den Plan, den sie sich ausgedacht hatten.

"Das ist natürlich nur ein grobes Gerüst, aber ohne zu wissen, ob und welche Hilfe wir bekommen könnten, war bislang keine genauere Planung möglich", beendete er seinen Bericht.

"Hm, also hinführen könnte uns mein Miniradar, und den Weg zurück finden wir damit auch allemal, aber bei und in diesem Bauwerk warten einfach noch zu viele Unbekannte. Wenn ich nur wüßte, ob dieser Urkalan nur mit technischem Wissen und Maschinen arbeitet, oder ob er tatsächlich über irgendwelche magischen Fähigkeiten verfügt. Eigentlich habe ich es nie für möglich gehalten, daß ich an so etwas jemals glauben könnte, aber nach dem, was ich in den letzten Stunden gesehen und gehört habe ... .."

"Ich glaube schon, daß er zaubern kann", warf Bregard ein, "denn dieser Gregor, sein Gehilfe, hatte große Angst davor. Urkalan hatte ihm nämlich angedroht, ihn zu verzaubern, als er sich weigern wollte, Lila umzubringen. Da hatte Urkalan so komische Gebärden mit den Händen angefangen und gemurmelt; da hättet ihr mal sehen sollen, was für'n Schiß der Gregor gekriegt hat; der hat sofort gekuscht, und er muß ja eigentlich wissen, ob sein Meister zaubern kann oder nicht."

"Da magst du recht haben, wir müssen sowieso, solange wir nichts Gegenteiliges wissen, immer vom Schlimmsten ausgehen, um keine leichtsinnigen Fehler zu begehen. Und das Gefährlichste ist meistens, seinen Gegner zu unterschätzen."

"Es kommt auch überhaupt nicht in Frage, daß du dich da so schutzlos einfach hinbegibst, da habe ich auch noch ein Wörtchen mitzureden", bestimmte Martha in scharfem Ton, "du mußt schließlich auch an Anna und mich denken!"

"Ja, ja, das hab ich doch auch gerade selber gesagt", verteidigte sich Bernhard, "aber tun muß ich was, denn das Ganze ist ja nicht nur eine Bedrohung für die Elfen, das geht uns genauso an."

"Vielleicht sollten wir die Polizei einschalten", sagte Martha.

"Das halte ich für vollkommen falsch, weil sie uns einfach so nicht glauben würden, und die Elfen sollten wir von der Öffentlichkeit fernhalten, denn wenn die Sache vorbei sein sollte, müssen sie die Möglichkeit haben, unbehelligt von uns Menschen weiterzuleben, und genau das geht nicht, wenn zu viele von ihnen erfahren."

Martha nickte nachdenklich, "da muß ich dir rechtgeben Bernhard, aber ich will doch auch nur, daß dir nichts passiert!"

"Das wollen wir auch nicht", versicherte Histran, "in erster Linie geht es uns auch nur darum, zur Pyramide zu finden, dafür brauchen wir die Hilfe deines Mannes. In die Pyramide eindringen werden wir erstmal allein, weil das, ohne Aufmerksamkeit zu erregen, nur durch die Luftschächte geht, und da paßt Bernhard ja sowieso nicht hindurch. Wenn wir dann den Rubin haben und damit die Ameisen ausgeschaltet sind, wird sich vielleicht auch ein Weg finden lassen, Bernhard gefahrlos hineinzubringen während andere von uns Urkalan und Gregor im Auge behalten."

"Martha, du mußt einsehen, daß ich da hinein muß! Die Elfen haben nicht das Know-how, um die Maschinen unschädlich zu machen, zudem wollte ich sie so oder so begutachten, um zu sehen, über welche Möglichkeiten Urkalan verfügt."

"Was bleibt mir übrig, ich muß es wohl so akzeptieren", seufzte Martha, "aber du mußt mir schwören, alle nur erdenkliche Vorsicht walten zu lassen!"

"Natürlich mein Schatz, das tue ich doch immer!"

"Na ja ... !"

Sie beschlossen, daß die Elfen heimfliegen und eine Mannschaft zusammenstellen sollten, die sich dann in drei Tagen am Anleger mit Bernhard treffen sollte. Von da aus sollte es so weit wie möglich mit dem Boot gehen, und dann müßten sie alles Weitere von den dortigen Umständen abhängig machen.

Die Elfen bedankten sich herzlich für die Gastfreundschaft und die zugesagte Hilfe, verabschiedeten sich von Martha und Bernhard - Anna war schon lange vorher eingeschlafen - und machten sich auf den Heimweg.

16

"Ich find' das total beschissen und ungerecht!"
"Das ist typisch, erst tut er so obernett und so, und jetzt, wo es drauf ankommt, hält er den Mund, der Feigling, nur, weil er selbst ja auf jeden Fall dabei ist!"
"Genau, außerdem tun die immer so, als wären Mädchen alle weichliche Püppchen. Aber, weil sie sich nicht trauen, das zu sagen, erzählen sie lieber: 'ja dein Flügel, wenn der gesund wäre', und so'n Mist, dabei hab ich denen doch gezeigt, daß ich wieder fliegen kann!"
"Bei mir ja auch: 'wie können wir sicher sein, daß du nicht wieder ungefragt Extratouren machst', dabei wollten die schon aufgeben und nur, weil ich 'ne 'Extratour' gemacht hab, ist Bernhard jetzt überhaupt dabei!"
Lila drehte sich im Bett zu Camilla um: "Meinst du nicht, wir könnten sie doch noch überzeugen, uns mitzunehmen?"
Camilla lag neben ihr auf dem Bauch und hatte den Kopf trotzig in die Hände gestützt, "die, nee, niemals, die sind so stur, das hat keinen Zweck, Lil!"
"Aber, das ist doch gemein! Ich hab keine Lust, hier nur herumzusitzen und zu warten, bis die hier wieder auftauchen und Bregard uns stolz wie so'n Gockel erzählt, wie heldenhaft sie Urkalan ausgeschaltet haben! Wenn wir ihnen nun heimlich folgen, dann kriegen wir wenigstens mit, was abgeht?"
"Das klappt nicht, meine Mama würde uns nicht gehen lassen!"
"Wir können doch sagen, wir wollen zum Ullasee, zu meiner Mama."
"Da bestünde meine aber darauf, uns hinzubringen, sie ließe uns den Weg nie alleine fliegen."
"Das gibt's doch nicht, es muß doch irgendeine Möglichkeit geben!"
"Vergiß es, wir haben keine Chance, Lil!"
Plötzlich klopfte es leise an der Tür, und Killy kam herein. "Ich habe gehört, daß ihr noch nicht schlaft,

und da habe ich gedacht, wir können es auch ruhig heute abend noch besprechen."

"Was denn besprechen, Mama?"

"Ich habe schon mit Histran darüber geredet", erwiderte Killy, "die Elfen vom Ullasee müssen dringend informiert werden und da ich dort eine Schwester habe, habe ich mich bereiterklärt, dorthin zu fliegen. Jetzt wollte ich euch fragen, ob es euch viel ausmacht, einmal für zirka drei Tage auf euch gestellt zu sein; normalerweise hätte ich euch ja mitgenommen, aber für Camillas Flügel ist die Tour noch zu weit."

Die beiden Mädchen sahen sich mit leuchtenden Augen an.

"Nö, Mama, das macht uns nichts aus, wir kommen schon klar. Wenn was ist, können wir ja jederzeit ins Dorf", kam es im harmlosesten Tonfall, dessen sie mächtig war, von Camilla.

"Eben", sagte nun auch Lila, "wir sind ja auch keine Babys mehr!"

"Ich weiß, ich weiß, sonst hätte ich auch gar nicht gefragt. Dann seht mal zu, daß ihr allmählich schlaft, denn es ist schon sehr spät, träumt gut ihr beiden."

Sie gab jeder noch einen Gutenachtkuß und begab sich dann auch selbst beruhigt zu Bett.

Sie wäre wohl nicht ganz so ruhig gewesen, wenn sie von den Plänen der Mädchen gewußt hätte.

"Jetzt können wir doch hinterher, echt super!" stellte Camilla fest, "es geschehen doch noch Wunder!"

"Klar, wir müssen nur zusehen, daß wir nicht erwischt werden, das gäbe richtig Ärger!"

"Wenn wir erstmal bei der Pyramide sind, können wir uns ja zeigen, ich glaube nämlich, daß sie die Stelle, wo ich 'rein bin, nicht so leicht finden werden, und zurückschicken können sie uns von dort auch nicht mehr. Ich schätze, das Schlimmste, was passieren wird, ist, daß Histran uns anmeckert; aber dann wird auch er froh sein, unsere Hilfe zu haben. Schließlich kennen wir uns am besten in der Pyramide aus."

"Genau, so machen wir es. Bist du denn auch sicher, daß du es schaffst, hinter ihnen herzufliegen? Dein Flügelbruch ist ja noch nicht so lange her."
"Doch, das schaff' ich schon. Vergiß nicht, daß sie ja den Wissenschaftler, wie hieß er noch gleich? Ach ja, Bernhard, dabei haben, der zu Fuß ist, da können sie gar nicht so schnell vorwärts kommen."
"Hast du eigentlich mitgekriegt, wann die loswollen, Milla?"
"So ungefähr; Bregard hat mir erzählt, daß sie sich morgen abend am Anleger treffen wollen, um dann in der Nacht, wenn die Ameisen nicht unterwegs sind, in den Sumpf einzudringen. Das heißt, daß sie hier wohl so am späten Vormittag losfliegen."
"Au weia, hoffentlich ist dann deine Mama auch schon weg, sonst wird's schwierig!"
"Ach, ich glaub' schon, Mama ist 'ne Frühaufsteherin."
Die beiden faßten sich an den Händen und drückten sie.
"Es muß, es wird klappen!" beschworen sie das Schicksal.
Am nächsten Morgen war die Frage bereits geklärt, als sie aufstanden und zum Frühstück gingen; Killy war schon fort und hatte ihnen einen Zettel hingelegt: 'Essen für die nächsten Tage ist in der Vorratskammer, bin in drei, spätestens vier Tagen zurück. Viel Spaß, Tschüß, Killy'.
Die zwei Verschwörerinnen frühstückten hastig und packten schnell noch ein paar Lebensmittel für die Tour ein. Dann verschlossen sie die Hütte, legten den Schlüssel unter den Baumstumpf und eilten Richtung Dorf. Sie waren noch nicht weit gekommen, da hörten sie Stimmen. Blitzartig verschmolzen sie mit den Büschen am Wegesrand. Scheinbar hatten sie sich mit der Startzeit der Expedition etwas verschätzt, denn die Truppe kam nun an ihnen vorbeigeflogen.
"Uijuijui, das war knapp!" meinte Camilla, "beinahe hätten wir sie verpaßt. Ich hätte mich schwarzgeärgert!"
"Meine Güte, warum fliegen die denn so früh?"

"Vielleicht wollen sie sich, bevor es richtig losgeht, noch kurz ausruhen oder müssen mit diesem Bernhard noch 'was besprechen", mutmaßte Camilla, "egal, was auch immer, wir müssen so viel Abstand lassen, daß sie uns auf keinen Fall sehen."
"Kein Problem, bis zum Anleger kennen wir den Weg ja auch. Aber wie wollen wir das eigentlich im Sumpf machen, Milla? Wenn wir so weit hinter ihnen sind, daß sie uns nicht sehen, sehen wir sie auch nicht und schwupps, haben wir uns verflogen!"
"Oh nein, daran hab ich ja noch gar nicht gedacht!" gestand Camilla, "vielleicht können wir ja so dicht dranbleiben, daß wir sie hören."
"Na ja, hoffentlich klappt das", sagte Lila mit zweifelnder Miene.
Als sie später in die Nähe des Anlegers kamen, mußten sie sehr aufpassen, da die anderen nun nicht mehr zielgerichtet nach vorn blickten, sondern umherschwirrten und alles rundum im Auge hatten. Aus ihrem Schilfversteck heraus sahen die beiden, daß auch Bernhard schon da war und Sachen im Boot verstaute. Er begrüßte die Elfen und besprach sich dann mit Histran, Meanmar und Bregard, während die anderen neun Expeditionsteilnehmer zuhörten. Leider konnten Lila und Camilla die Worte nicht verstehen, da die Entfernung einfach zu groß war. Glücklicherweise schien die Gruppe die Dunkelheit abwarten zu wollen; trotz sinkender Sonne machten sie noch keine Anstalten aufzubrechen. Ansonsten hätten die zwei Mädchen es schwer gehabt, ihnen ungesehen über die weite offene Wasserfläche bis zum Anfang des Nebel zu folgen.
Dann aber war es soweit; als die letzten Lichtreflexe auf dem Wasser verloschen waren, hörten die beiden Mädchen, wie Bernhard die Ruder in Bewegung setzte. Dann konnten sie auch das Boot sehen, denn im Bug brannte eine, wenn auch stark abgeschirmte Lampe, welche einen schwachen Lichtschimmer verbreitete, in dem sie ab und an die Silhouette eines der Elfen

erahnen konnten. Dann, von einem Augenblick zum nächsten, waren sie verschwunden.

"Huch, was war denn ... , ach ja, sie sind in der Nebelwand verschwunden; wir müssen schnell dichter 'ran sonst verlieren wir sie!" flüsterte Camilla.

Sie beeilten sich, dorthin zu kommen, wo sie das Licht zuletzt gesehen hatten; schon umhüllte auch sie der Nebel. "Am besten, wir sichern uns ab hier mit den Leinen, um uns nicht zu verlieren", erklang jetzt unerwartet, unmittelbar vor ihnen Histrans Stimme. Erschrocken hielten sie die Luft an und rührten sich vorläufig nicht mehr.

"Aus welcher Richtung hatte ich mich euch damals genähert, als ihr mich das erste Mal gesehen habt?" vernahmen sie Bernhards Stimme", ich weiß noch, auf welchem Kurs ich da gerudert bin, und wenn wir jetzt noch feststellen können in welcher Richtung ich die Eure gekreuzt habe, können, wir die ungefähre Lage der Pyramide festlegen, denn die Reichweite meines Radars reicht scheinbar nicht aus, da ich darauf kein derart großes Objekt ausmachen kann."

"Du bist damals fast im Winkel von 90° von links gekommen", erklang jetzt die Stimme von Bregard.

"Gut, dann da lang!"

Ab jetzt hörten die Mädchen wieder die sich langsam entfernenden Ruderschläge des Forschers.

"Hinterher", wisperte Lila und zog Camilla am Arm.

"Ja, ja, ich komme ja schon, ich dachte nur gerade, ich hätte noch irgendetwas anderes gehört. Hm, es war wohl doch nichts!"

Behutsam, um sich nicht zu verraten, folgten sie den anderen.

"Hier geht es mit dem Boot nicht mehr weiter", stellte vor ihnen Bernhard soeben fest, "ich muß wohl oder übel aussteigen. Hoffentlich ist der Grund nicht zu schlammig zum Gehen."

Ein ziemliches Platschen war zu hören.

"Na ja, scheint so gerade noch zu gehen. O.k., weiter!"

Lila und Camilla folgten nun den schmatzenden und saugenden Schritten, zwischen denen Bernhard zuweilen deftige Flüche hören ließ, wenn er mal wieder bis über die Brust einsank, oder einmal, als er der Länge nach hinschlug. "Nur gut, daß meine Geräte wasserdicht sind", hörten sie ihn grummeln.

"Hier ist die Uferkante", rief Bregard gedämpft, "jetzt müssen wir nur noch den Bach finden, dann können wir die Pyramide nicht mehr verfehlen!"

Die Mädchen flogen ein bißchen seitlich zum Ufer, um sich dort, bevor die übrigen weiterzogen, einen Augenblick zu verschnaufen.

"Vorsicht, Lil, hier ist die Bachmündung, wir müssen noch ein Stück weg, sonst stolpern die gleich über uns."

Es dauerte auch wirklich nicht lange, da hatte die Gruppe um Histran und Bernhard den Bachlauf entdeckt und machte sich erneut auf den Weg. Weil hier die Gefahr des Verlaufens nicht mehr gegeben war, ließen Camilla und Lila wieder mehr Abstand.

Das Einzige, was jetzt noch zu hören war, waren ab und zu die Schritte Bernhards. Eben wollten sie dichter aufschließen, als sich plötzlich ein dunkler Schatten aus dem Uferbewuchs löste, der dort vorher in völliger Bewegungslosigkeit verharrt hatte, und sich hastig vom Bach entfernte.

"Hast du das gesehen?" wisperte Lila, "ungefähr hier hat uns doch schon einmal eine Ameise überrascht, erinnerst du dich? Scheinbar haben die hier wieder einen Wachposten aufgestellt, und die anderen haben ihn nicht gesehen."

"Lil, wir müssen sie schnell einholen, sie müssen sich beeilen, ehe dort alles in Aufruhr ist, sonst kommen sie, beziehungsweise wir nicht mehr in die Pyramide hinein."

So schnell sie ihre Flügel trugen und der Nebel es erlaubte, ohne zum Beispiel gegen einen Baum zu prallen, jagten sie nun über den Bachlauf.

"Halt, wer da?!" erklang plötzlich eine befehlende Stimme vor Camilla, und ein Speer blitzte in ihre Richtung. Camilla kreischte vor Schreck auf und überschlug sich bei dem Versuch, zu bremsen. Das wiederum kam so abrupt, daß auch noch Lila in sie hineinprallte und beide als ein wirres Knäuel aus Armen, Beinen und Flügeln zu Boden stürzten. Sofort waren sie von waffenstarrenden Elfen umringt. "He, das ist ... , das sind ja Lil und Milla!" rief da Bregard überrascht. Sogleich entspannten sich auch die Übrigen. Die Überrumpelten entwirrten ihre Gliedmaßen und standen dann etwas bedröppelt vor Histran, der sie mit strengem Blick musterte: "Was habt ihr euch denn dabei nun schon wieder gedacht? Mit eurem puren Leichtsinn und Ungehorsam bringt ihr alles in Gefahr!" "Äh, ich, äh, wir wollten, wir dachten ...", stotterte Lila. "Ja", unterbrach jetzt Camilla mutig, "wir haben wohl Mist gebaut, aber ..."

"Das kann man wohl sagen", schimpfte Histran, "wir sollten ... !"

"Histran, bitte, laß mich aussprechen, es ist dringend, wir sind eben an eine Stelle gekommen, wo ihr gerade vorbei wart, dort stand ein Wachposten; kaum seid ihr weg, da lief dies Ameisenbiest aus dem Gebüsch und rannte los. Wir müssen uns sehr beeilen, wenn wir es noch in die Pyramide schaffen wollen, bevor sie Alarm schlägt!"

"Ach, du ahnst es nicht, das auch noch. Nun gut, daß ihr jetzt hier seid, läßt sich eh nicht mehr ändern, die Standpauke kann warten, aber glaubt ja nicht, daß ihr so ungeschoren davonkommt. Doch jetzt hat der Auftrag Vorrang, und du hast recht, wir müssen uns sputen!"

Mit größtmöglicher Geschwindigkeit bewegten sie sich nun in Richtung Pyramide. Vor ihnen aus dem Dunst tauchte der Koloß auf.

"Donnerwetter, ist die groß!" staunte Bernhard, "wer die wohl erbaut haben mag? Eigentlich ist und war das nie ein Baustil, der hierzulande üblich ist."

"Kam euch der Weg eigentlich auch so kurz vor?" wandte sich Bregard an Lila und Camilla, "wir sind doch erst ungefähr fünf Stunden unterwegs."

"Stimmt, aber damals waren wir zu Fuß und auch schon ziemlich erschöpft. Jetzt ist nur Bernhard zu Fuß, und seine Schritte sind mindestens zehn - bis fünfzehnmal so groß wie unsere", urteilte Camilla, "ich kann euch jetzt zeigen, wo wir hinein müssen."

"Gut, wir dürfen keine Zeit verlieren. Wo kann sich Bernhard am besten verstecken? Weiß einer von euch einen Platz?"

"Hm", machte Lila, "wir hatten uns um die nächste Ecke, Richtung Taleingang hinter Kiefernstämmen verborgen, aber ob sie einem Menschen genug Deckung gewähren?"

"Bernhard muß aber zumindest auf jener Seite ein Versteck finden", sagte Camilla, "weil auf der Seite das Hauptportal ist und er ja sehen können muß, wenn wir es geschafft haben, es zu öffnen."

"Das ist nicht so wichtig", meinte Jondras, "wenn wir soweit sind, kann ja auch einer von uns hinfliegen und ihn holen."

"Sicherheitshalber sollten zwei Mitglieder unserer Gruppe bei Bernhard bleiben", bestimmte Histran, "wir können ja nicht im voraus wissen, was alles passiert. Welard, Dungan ihr beide bleibt bei ihm, o.k. ?!"

Wortlos verbargen sich die drei in der vorgeschlagenen Richtung, während die anderen unter Camillas Führung an der Pyramide emporflogen. Sie waren noch nicht bei dem Einlaß angekommen, als sie weiter unten Aufruhr wahrnahmen. Beinahe schien es so, als schwärmten alle vorhandenen Ameisen aus der Pyramide aus, um die Eindringlinge aufzuspüren. Sie preßten sich dicht an die Oberfläche des Bauwerkes, teilweise zwischen die Lianen, um unentdeckt zu bleiben.

"Verflucht!" schimpfte Histran leise, "das war zu früh. Hoffentlich ist der Weg, den du uns führen willst, Camilla, nicht auch bewacht, und ich bete auch, daß Bernhard samt Begleitung nicht entdeckt wird!"

"Ich denke", ließ sich jetzt Meanmar vernehmen, "daß sie erst in der Richtung suchen werden, aus der die Wache unser Kommen gemeldet hat, und bis sie feststellen, daß dort nichts mehr ist, haben wir noch ein bißchen Zeit. Laßt uns sie nutzen!"

In diesem Moment hatte Camilla die Öffnung, die sie einstmals benutzt hatte, wiedergefunden.

"Schnell, hier herein!" rief sie leise.

Innerhalb weniger Sekunden waren die zwölf Elfen in dem Tunnel verschwunden. Dann flammte ein Licht auf, und sie konnten sich orientieren. Bernhard hatte jeden dritten Elf mit einer Minitaschenlampe ausgestattet, damit sie sich bei der Suche nach dem richtigen Weg Zeit sparen konnten und eventuell auch Lichtzeichen nach außerhalb der Pyramide zu geben in der Lage waren.

Hier drinnen war von der ganzen Aufregung nichts zu spüren, und kein Laut war zu hören. Leise schlichen die Elfen hinter Camilla und Lila her, bis sie die Verzweigung des Lüftungssystems erreicht hatten. Ab hier seilten sie sich an, um nicht wie Camilla einen Absturz zu riskieren. Diese kletterte mit einem mulmigen Gefühl im Magen an dem Seil herab und registrierte mit steigender Verwunderung, wie endlos tief der Schacht schien; ein Wunder, daß sie bei ihrem Sturz nicht ums Leben gekommen war!

Dieses Mal brauchte sie nicht so weit zu laufen wie letztens, da sie beschlossen hatten, nicht durch das Labor zu gehen, sondern gleich von oben aus dem Lüftungsschacht in die große Kuppelhalle zu fliegen. Dies würde Zeit sparen und die Gefahr vorzeitiger Entdeckung verringern. Über der Halle angekommen, spähten sie erst einmal hinunter, um sicherzugehen, daß sich niemand darin befand. Staunend betrachteten die neu in der Pyramide weilenden Elfen die ungeheuren Ausmaße und die Einrichtung des Raumes.

"Wir müssen ein Seil hinunterlassen", stellte Histran fest, "der Rubin ist zu groß, als daß einer von uns ihn fliegend tragen könnte, und wenn mehrere ihn faßten, wäre die Gefahr zu groß, daß er abstürzt!"

Nach anfänglich großen Schwierigkeiten mit der festgerosteten Verriegelung des Gitters gelang es ihnen, dieses zu öffnen, und bis auf zwei schwebten sie hinunter zu dem Podest, in dessen Mitte der Stein eingelassen war.

"Welchen Schalter müssen wir jetzt betätigen, um ihn gefahrlos entnehmen zu können?" fragte Meanmar an Camilla und Lila gewandt.

"Keine Ahnung", sagte Lila, "wir steckten da unter der Maschine und konnten es nicht sehen."

"Na toll", ärgerte sich Meanmar, "und nun? Wenn sich dieser Gehilfe schon so verbrannt hat, würde es für jeden von uns mit Sicherheit den Tod bedeuten, den Stein zu berühren, ohne daß das Energiefeld abgeschaltet ist!"

"Es hilft nichts, sich jetzt zu streiten oder sich gegenseitig zu beschuldigen", beruhigte Histran die erhitzten Gemüter, "könnt ihr uns nicht vielleicht doch irgendeinen Hinweis geben, der uns weiterhilft?"

Camilla überlegte, dann ging sie zu der Maschine, unter der sie sich verborgen hatten, und blickte sich um, danach flog sie zu einem der anderen Apparate am Rande des Podestes.

"Also, ich bin ziemlich sicher, daß Urkalan ungefähr hier gestanden hat, als er das Feld abgeschaltet hat", verkündete sie und deutete auf ein metallenes Pult mit mehreren Skalen, Lichtern und Schaltern.

Histran, Meanmar und Jondras, die von den Elfen am ehesten noch etwas von Technik verstanden, betrachteten die Beschriftungen der Schalter.

"Hm, es gibt hier drei Schalter, die eine Ein- und Ausposition haben; zur Zeit sind alle auf 'Ein'. Wenn wir alle auf 'Aus' stellen, sollte eigentlich nichts mehr passieren können."

"Wir machen es so", bestimmte Histran, "Lila, Camilla und ich betätigen jeder gleichzeitig einen Schalter, und ihr beiden", er deutete auf Jondras und Meanmar, "nehmt den Stein und befestigt ihn am Seil. Alles klar?"

Die Beteiligten nickten.

"Dann los, auf drei: eins, zwei, drei!" Lila, Camilla und Histran legten die Schalter um: das Leuchten um den Stein erlosch, und bei mehreren Maschinen erstarb das Geräusch der summenden Lüfter, während gleichzeitig ein schrilles in Sekundenabständen ertönendes Warnsignal erscholl.

"Das war letztes Mal nicht!" rief Camilla in den Lärm, "wir haben wohl auch einen falschen Schalter betätigt!"
"Schnell, hoch den Stein!" schrie Jondras nach oben. Er und Meanmar hatten den Rubin sofort nach dem Abschalten aus der Halterung genommen und am Seil befestigt, an dem er nun in die Höhe schwebte. Jetzt waren undeutlich Rufe von dem Gang vor der Eingangstür zu hören.
"Los, los, los!" rief Histran, "alles zurück nach oben, Beeilung!"
Es wurde höchste Zeit, schon öffnete sich die Tür; ein entsetzlicher, kaum noch menschlich zu nennender Wutschrei war zu hören, dann sahen sie Urkalan hereinstürmen.
"Mein Stein, wo ist mein Stein?!" kreischte er und blickte mit vor Haß blutunterlaufenen Augen in die Runde. Als sein Blick nach oben schwenkte, sah er eben noch Histran als letzten durch die Öffnung verschwinden, sowie den Rubin, als dieser den letzten Meter emporgezogen und durch das Gitter bugsiert wurde.
"Halt, verfluchte Elfenbrut, gebt mir meinen Rubin zurück, oder ich werde euch alle vernichten!" brüllte er mit sich überschlagender Stimme, "ich mache euch ausnahmslos zu seelenlosem Gewürm, wenn ihr nicht augenblicklich gehorcht!"
Lila und Camilla sahen sich verängstigt an, aber auch die anderen blickten beunruhigt drein.
"Kiroth annamol wrandereth, erkol mina tereah!" tönte die nun verändert und viel tiefer klingende Stimme Urkalans von unten.
Bei diesen Worten begann der Stein zu Füßen der Elfen rötlich zu glühen. Lila schrie erschreckt auf und Camilla schlug die Hände vors Gesicht.
"Schnell, bedeckt den Stein und dann nichts wie weg hier!" befahl Histran. Geschwind wurde der Stein in zwei der mitgebrachten Decken gewickelt und verschnürt, dann hasteten sie den Weg zurück, den sie gekommen waren, während hinter ihnen die Beschwörungen des Magiers verklangen.

Sah man zuerst das Glühen des Rubins sogar noch durch die Decken, wurde es mit zunehmender Entfernung zu Urkalan immer schwächer, bis es schließlich nicht mehr wahrnehmbar war.

"Was passiert jetzt mit uns?" schluchzte Lila, "werden wir nun zu irgendwelchen Tieren?!"

"Ich weiß es nicht", sagte Jondras sichtlich erschüttert, "aber ich hoffe, daß wir noch rechtzeitig weggekommen sind!"

Das waren allerdings nicht gerade die Worte, jemanden zu beruhigen, und Lila weinte nun hemmungslos.

"Komm, Lil, beruhig dich, wir sind doch noch völlig normal", beschwichtigte Camilla, als sie nun am Seil den senkrechten Schacht emporkletterten, "der Zauber hat uns nicht mehr erreicht, ich fühl' mich jedenfalls total in Ordnung."

Lila schaffte es tatsächlich, sich wieder einigermaßen zu fangen. Das war auch nötig, denn für den langen Aufstieg brauchte sie alle ihr zur Verfügung stehenden Kräfte; die letzten Meter mußte der hinter ihr kletternde Bregard ihr noch etwas nachhelfen, denn ihre Arme wollten einfach nicht mehr. Dann hatten sie die Öffnung nach draußen erreicht und lugten durch das Lianengewirr nach unten.

Dort herrschte unglaubliches Chaos: Hunderte, wenn nicht tausende der Riesenameisen krabbelten ziellos kreuz und quer, über- und untereinander durch die Gegend.

Nicht weit vor der Pyramide stand Bernhard und blickte ziemlich überrascht drein; offensichtlich war er entdeckt und gefangengenommen worden, jedoch hatten die Ameisen nach Abschalten der Anlage jegliches Interesse an ihren Aufträgen verloren und ihn einfach stehengelassen. Soeben kamen auch Welard und Dungan, die sich fliegend in Sicherheit hatten bringen können, wieder hinzu.

"O.k., ich denke wir können gefahrlos hinaus," bemerkte Histran, "folgt mir!"

Damit schwang er sich hinaus und flog, gefolgt von den übrigen, hinab zu den drei Wartenden.

"Ich brauche wohl nicht groß nach Erfolg oder Mißerfolg zu fragen", lächelte Bernhard und deutete in die Runde, "das ist ja schon Antwort genug!"

"Das ist soweit richtig", bestätigte Histran, "aber ich fürchte, du wirst auf die Inspektion der Maschinen verzichten müssen. Wir haben einen Alarm ausgelöst, der Urkalan aufgeschreckt hat, so daß wir nur mit Mühe entkommen sind und das Tor nicht mehr öffnen konnten."

"Das ist wirklich bedauerlich", sagte der Wissenschaftler, "besser wäre es gewesen, wir hätten die Maschinen vernichten ....."

"Vorsicht!" rief Lila, "das Haupttor öffnet sich!"

Ihrer aller Blicke richteten sich mit gemischten Gefühlen auf das Portal. Dessen Torhälften waren kaum halb geöffnet, da stürmte auch schon Urkalan, gefolgt von Gregor, hindurch. Hektisch sah sich der Magier um, bis er der Gruppe um Bernhard gewahr wurde. Er erstarrte mitten in der Bewegung und blickte Bernhard überrascht an:

"Dr. Hesius!" rief er.

"Professor Kalan!" entfuhr es diesem, den Zauberer wie ein Gespenst anstarrend, "ich wähnte sie für immer hinter Gittern!"

Zur Antwort erhielt er ein höhnisches Gelächter, das wie das Meckern einer kranken Ziege klang.

"Mich einsperren? Ha, daß ich nicht lache, die haben mich keine zwei Monate festhalten können; und jetzt Schluß damit! Ich will meinen Rubin zurück, dann lasse ich euch am Leben, andernfalls ... ?!"

"Macht euch bereit, wir müssen gleich rennen, beziehungsweise ihr fliegen", flüsterte Bernhard den Elfen zu, "erschreckt nicht, es wird laut!"

Er nestelte ein rundes, längliches Etwas aus der Jacke.

"Und wendet euch ab, auf keinen Fall hinsehen!"

"Was flüstert ihr da, her jetzt mit dem Stein! Los, Gregor, pack dir den Bastard!" befahl Urkalan und wies auf Bernhard. Sofort setzte sich der Gehilfe in Bewegung und walzte auf sie zu, wie ein Bulldozer.

"Jetzt!" rief Bernhard, riß etwas von dem Gegenstand ab und warf ihn in Richtung Gregor. Es gab einen grellen Blitz und einen mächtigen Knall, danach war alles unnatürlich still, zumindest hatte Lila dieses Gefühl, so als hätte sie Watte in den Ohren. Neben ihr hastete Bernhard mit langen Schritten, ab und an auf sein Miniradar blickend. Schnell gewannen sie Abstand, es schien ihnen niemand zu folgen.

"Das wirst du noch bereuen, Hesius!" hörten sie den verhallenden Ruf Urkalans, dann war nur noch das Surren ihrer Flügel und die schweren Schritte Bernhards zu vernehmen. Kurz darauf bemerkten sie, wie der sowieso schon dichte Nebel noch undurchdringlicher wurde und heftiger Wind aufkam, der mächtig an ihren Flügeln zerrte und drohte, sie auseinanderzutreiben. Ein gewaltiger Windstoß packte Lila und wirbelte sie, die ja die leichteste und zarteste der Elfen war, zur Seite. Sie konnte bei einem Überschlag in der Luft gerade noch etwas Dunkles vor sich schemenhaft wahrnehmen und griff danach.

"Au, was ist das?" hörte sie Bernhards Stimme direkt vor sich und mehr ahnend als sehend spürte sie seine Hand nach ihr greifen; sie hatte sich an Bernhards Haaren festgehalten!

"Ich bin's, Lila!" schrie sie, angstvoll der Hand ausweichend um nicht verletzt zu werden. Gerade noch rechtzeitig stoppte Bernhard die Bewegung.

"Haltet euch alle an mir fest !" rief er nun, wir dürfen uns nicht verlieren!"

"Hilfe, wo seid ihr?!" hörte man nun Camillas Stimme dünn durch das Pfeifen des Windes.

Bregard, der bereits Halt an Bernhards Jacke gefunden hatte, ließ sofort los und jagte in Richtung des Rufes.

"Hiilf ... !" erklang es nun direkt vor seinem Gesicht, als er auch schon in Camilla hineinprallte, die sich hier an einen der abgestorbenen Bäume geklammert hatte. Der Stoß nahm ihr die Luft, und beinahe hätte sie den Halt verloren.

"Uff, ah, Bregard, nicht so stürmisch!" keuchte sie, gleichzeitig aber erleichtert, nicht mehr allein im Nebel verloren zu sein.

"Oh, Milla, es tut mir leid", stammelte Bregard, und wenn es nicht so extrem nebelig gewesen wäre, hätten die anderen seinen Kopf wohl ähnlich dem Rubin leuchten gesehen.

"Camilla, Bregard, wo seid ihr?" tönte nun neben ihnen Bernhards Stimme, der ebenfalls in Richtung des Hilferufes gegangen war.

"Hier, Bernhard, hier sind wir!" riefen beide wie aus einem Munde, dann sahen sie auch schon seinen Schatten, als er den Baum erreichte. Schnell griff Bregard nach Bernhards ausgestreckter Hand, mit dem anderen Arm umfaßte er Camillas Taille und zog sie ebenfalls hinüber.

Der nun folgende Marsch war wie ein Alptraum: sie kamen kaum vorwärts, da Bernhard durch die undurchdringliche Brühe kaum je einen Blick auf seine Radaranzeige erhaschen konnte, und für die Elfen war es trotz des Haltes, den sie nun hatten, schwer, dem Sturm zu widerstehen.

"Ich fürchte, ich habe seine Macht etwas unterschätzt", gestand Bernhard, "irgendwie hatte ich an seine Zauberkräfte doch nicht so recht geglaubt. Ich dachte, er macht das alles mit Technik und Wissenschaft, aber das hier belehrt mich eines Besseren!"

Doch dann, etliche Stunden später, hatten sie endlich, allen Widrigkeiten zum Trotz, das Ufer erreicht. Von hier aus brauchte der Wissenschaftler nur noch weniger als eine Viertelstunde, watend das Boot zu erreichen, dessen Vertäuung gottlob dem Sturm widerstanden hatte. Wenn es abgetrieben wäre? Lila mochte sich gar nicht ausmalen, was das bedeutet hätte!

Erst erheblich später, als sie gemeinsam im Boot saßen und Bernhard Richtung Ufer ruderte, löste sich allmählich die Spannung.

"Du kanntest diesen Urkalan und er dich?" fragte nun Lila. "Ja, das ist wahr", bestätigte Bernhard, "ich hatte damals, es muß schon mindestens vier, fünf Jahre her sein, einige Lehrveranstaltungen besucht, die Urkalan, beziehungsweise Kalan, Professor Kalan, zum Thema Genmanipulation bei niederen und höheren Lebewesen, hielt. Ich hatte mehrmals Streit mit ihm, weil er bei seinen Tierversuchen mit unglaublicher Roheit vorging. Schließlich zeigten wir ihn an. Bei den folgenden Untersuchungen stellte sich heraus, daß er auch Versuche an Menschen vorgenommen hatte, bei denen mehrere ums Leben kamen. Er wurde vor Gericht gestellt; ich habe gegen ihn ausgesagt. Es kam zu keiner Gefängnisstrafe, weil er von Psychologen für geisteskrank und unzurechnungsfähig befunden wurde. Man beschloß, ihn dauerhaft in Sicherungsverwahrung - das ist auch eine Form des Eingesperrtseins - zu nehmen, aber wie ihr seht, hat man ihn dort nicht lange halten können. Auch für uns bedeutet dieser heutige Erfolg noch keine Ruhe. Bevor Kalan nicht wieder und dann endgültig hinter Gittern oder tot ist, können wir nicht wissen, zu was allem er noch fähig ist."

"Aber er hat doch jetzt den Stein nicht mehr", warf Camilla ein, "dann kann er doch nicht mehr viel machen, oder?"

"Oh, das wird ihn wohl nur einen kleinen Schritt zurückwerfen", befürchtete Bernhard, "bei seinen brillianten Fähigkeiten, die er ohne Zweifel besitzt, wird er über kurz oder lang andere Möglichkeiten finden. Aber jetzt, wo ich weiß, um wen es sich wirklich handelt, und ihr erstmal, so hoffe ich zumindest, aus der Schußlinie seid, so daß ich euch auch nicht mehr zu erwähnen brauche, kann ich die Polizei einschalten und ihn festnehmen lassen."

"Ich hoffe ebenfalls, daß damit diese unselige Geschichte ihren Abschluß findet", seufzte Histran, "wenn du einverstanden bist, bitten wir dich, den Stein zu behalten, wir haben keinerlei Verwendung dafür."

"Ich bin einverstanden, auf diese Weise kann ich vielleicht mehr darüber herausfinden, wie es Kalan gelungen ist, mit seiner Hilfe die Ameisen zu kontrollieren. Aber bevor ihr jetzt irgendwelche Befürchtungen hegt: ich werde nichts Übles mit dem Rubin in Angriff nehmen, oder irgendjemandem damit schaden!"

"Das denkt auch niemand von uns", erwiderte Histran, "sonst hätte ich dich auch nicht gebeten, ihn zu nehmen."

Am Anleger angekommen, verabschiedeten sie sich herzlich voneinander, nicht, ohne zu versichern, sich des häufigeren gegenseitig zu besuchen. Dann machten sie sich auf die getrennten Heimwege.

17

Die Tage gingen ins Land; das Leben im Elfendorf hatte sich normalisiert. Lila und Camilla waren damit beschäftigt, sich aus Ästen und Blättern ein Versteck zu bauen. Sie hatten sich eine kleine abgelegene Bucht unweit Tante Killys Haus ausgeguckt und waren seit zwei Tagen fast ununterbrochen am Werk. Ihr Bauwerk hatte schon klare Formen angenommen, nämlich die einer Pyramide - woher das wohl kommen mochte? - und war in mehrere Räume und Gänge unterteilt. Im Augenblick waren sie damit beschäftigt, das Dach mit Gras und Blättern abzudichten. Die Pyramide hatte eine Seitenlänge von immerhin 1,20 Metern, also rund siebeneinhalb Körperlängen einer jugendlichen Elfe, und Lila sowie Camilla waren sehr stolz auf das bisher Erreichte. Camilla verschwand im Inneren, um nachzusehen, ob irgendwo noch Tageslicht durch das Dach zu sehen war. Lila stopfte gerade die letzten Löcher, die sie bemerkt hatte, als sie Bregard erblickte, der sich ihrem Versteck näherte.
"Scheiße!" grummelte sie, "wir haben Tante Killy doch gesagt, daß sie den Platz niemandem verraten soll!"
Am besten, sie wimmelte ihn schon von weiten ab, und zwar so, daß Camilla es gar nicht mitbekam, sonst hätten sie diese Klette womöglich den ganzen Tag am Hals, und mit ihm dabei konnte man nie richtig spielen, der wollte immer nur reden und am liebsten mit Milla Händchen halten oder ähnlichen Kitschkram.
Sie flog ihm schnell entgegen.
"Hallo Bregard, was willst du denn hier?" begrüßte sie ihn, nicht gerade mit ihrer freundlichsten Stimme.
"Hi, Lil! Killy sagte mir, daß ihr hier 'was baut, da wollte ich fragen, ob ich euch helfen soll?"
"Nee, danke, das können wir auch alleine, Tschüß!" damit ließ sie ihn stehen und flog zu ihrem Bauwerk zurück.
Bregard stand verblüfft da, ballte die Fäuste und kniff wütend die Lippen zusammen; 'dies blöde Biest,' dachte er, 'immer wieder kommt die mir in die Quere, die soll

doch bloß bald wieder abhauen, zurück zum Ullasee, wo sie hingehört!' Verärgert drehte er sich um und flog zum Dorf zurück.

"War was, Lil? Hast du was zu mir gesagt? Ich hab eben doch deine Stimme gehört", fragte Milla aus dem Inneren.

"Nein, es ist nichts", beeilte sich Lila zu versichern, "ich hab' nur Selbstgespräche geführt."

"Bist du fertig da oben? Dann können wir jetzt mit der Einrichtung anfangen."

"Klar, können wir machen."

Lila reckte sich und streckte ihren Rücken, der von der Schufterei weh tat, "ich komme gleich, nur'n kleinen Augenblick ausruhen."

"Gute Idee", stimmte Camilla zu, die eben aus dem engen Eingang kroch und sich zu Lila oben auf die Pyramide setzte.

"Herrlich warm heute", sagte sie und gähnte herzhaft, "und man hat einen wunderbar klaren Blick über den See."

Lila stutzte, "he, Milla, du hast recht, der Blick ist sogar mehr als klar, man sieht gar nicht mehr die Nebelbank am Seende!"

"Tatsächlich, Lil, der Nebel scheint weg zu sein. Komm, das müssen wir von Nahem sehen."

Sie sprang auf zog Lila mit hoch und schon waren sie auf dem Weg. Je dichter sie dem Sumpf kamen, desto deutlicher wurde, daß der Nebel sich nahezu restlos aufgelöst hatte. Als sie später den Rand des Moores erreicht hatten, konnten sie, wenn sie etwas höher flogen, in der Ferne sogar die Spitze der Pyramide erblicken, um die noch Reste des Nebels erkennbar waren.

"Ich glaube, wir können es riskieren, näher heranzufliegen", meinte Camilla, "jetzt können wir ja den Rückweg jederzeit wiederfinden."

So schnell es ihre Flügel erlaubten, flogen sie auf die Pyramide zu.

"Weißt du noch, unser erstes Mal hier?" sagte Lila, "wie lange wir da gebraucht haben?"

"Erinner mich nicht daran!" stöhnte Camilla und faßte sich an den Kopf, wo eine Narbe unter den Haaren noch von dem Angriff der Gottesanbeterin zeugte. Der Weg zog sich doch noch ganz schön in die Länge, die Größe der Pyramide täuschte über die wahre Entfernung hinweg. Als sie nach mehrstündigem Flug das Tal fast erreicht hatten, wurden sie von einem Pfeifen und Brummen, daß schnell immer lauter wurde, aufgeschreckt. Ängstlich verbargen sie sich am Wegesrand zwischen den Bäumen und wandten ihre Blicke in Richtung des Tales, aus dem das Geräusch zu kommen schien. Dann kam auch schon des Rätsels Lösung: ein gewaltiger Helikopter stieg hinter den Bäumen auf, kippte dann leicht nach vorn und flog immer schneller werdend davon.

Die beiden Mädchen setzten ihren Weg nun vorsichtiger fort. Als sie den Taleingang erreicht hatten, staunten sie nicht schlecht: Überall wimmelte es von Menschen, Fahrzeuge kurvten umher und auch zwei weitere Hubschrauber hockten wie riesige Libellen am Boden. Daneben standen einige Transportkäfige, in denen sich etliche der Riesenameisen befanden. Viele weitere der mutierten Wesen lagen getötet an mehreren Stellen des Tales aufgeschichtet. Das Portal der Pyramide war geöffnet, und Menschen liefen hinein und heraus.

"Sie haben ihn also erwischt", flüsterte Lila leise, obwohl man sie bei dem Lärm sowieso beim besten Willen nicht hören konnte, "vor dem brauchen wir keine Angst mehr zu haben!"

"Ja, wenn sie ihn diesmal besser festhalten als letztes Mal, "antwortete Camilla. "Komm, laß uns zu Bernhard fliegen, hier können wir eh nicht näher heran, und er kann uns bestimmt Genaueres berichten."

Immer nach allen Seiten Ausschau haltend, flogen sie einen Bogen um die Pyramide, bis sie den Bachlauf erreicht hatten, und folgten dann diesem in Höchstgeschwindigkeit. Als sie die freie Wasserfläche vor dem Anleger erreicht hatten, fing es bereits an zu dämmern. Erschrocken blickten sie sich an.

"Au weia, das gibt Zoff, Milla! Wir sollten schnellstens nach Hause fliegen!"

"Ach, ich weiß nicht", meinte Camilla," wir kommen sowieso viel zu spät, da können wir wenigstens noch einen kurzen Abstecher zu Bernhard machen, wo wir doch schon fast da sind."

"Na gut, da hast du auch wieder recht, ob wir nun fünf oder sechs Stunden zu spät kommen, der Ärger wird der gleiche sein."

Also sausten sie den Feldweg entlang, über die Hügelkuppe und dann hinab zu dem kleinen Dorf. Hier schlängelten sie sich vorsichtig zwischen Deckungen hindurch, bis sie Bernhards Haus erreicht hatten. Dessen Türen waren geöffnet, und auf der Straße vor dem Haus standen zwei grünweiße Autos mit blinkenden blauen Lichtern auf dem Dach.

Gerade kamen drei grüngekleidete Menschen mit merkwürdigen Mützen, von Bernhard begleitet, aus dem Haus. Das Gesicht ihres Freundes wirkte eingefallen und grau, die Augen rot gerändert. Er schüttelte einem der Fremden die Hand, dann stiegen diese in die Autos und fuhren davon. Lila und Camilla nutzten die Gelegenheit und flogen schnell zum Haus hinüber.

"Hallo, Bernhard, was ist passiert, geht es dir nicht gut?" fragte Lila und sah ihn besorgt an.

"Oh, hallo, ihr seid es", erwiderte Bernhard wie aus Trance erwachend und blickte sie aus trüben Augen an, "kommt erstmal herein, dann kann ich euch sagen, was los ist."

Er schloß die Tür hinter ihnen und brachte sie ins Wohnzimmer. Dort saß Martha mit tränenüberströmtem Gesicht am Tisch, ein bereits völlig durchnäßtes Taschentuch in der Hand. Sie hob ihren Blick und brachte ein gequältes Lächeln zustande, welches die Elfenmädchen jedoch beinahe noch mehr erschreckte als der verstörte Ausdruck in ihren Augen. Bernhard trat hinter sie und legte ihr sanft die Hände auf die Schultern.

"Unsere kleine Anna ist letzte Nacht verschwunden, entführt, und wir wissen auch mit ziemlicher Sicherheit von wem, denn der Rubin ist ebenfalls weg, und von diesem wußten, außer euch Elfen, nur Kalan und Gregor."

Bei seinen Worten schluchzte Martha auf und die Tränen rannen erneut über ihre Wangen. Lila und Camilla blickten sich entsetzt an: "Wie kann jemand nur so gemein sein!" rief Lila empört, "sich an einem Kind zu vergreifen!"

"Er will sich an mir rächen, mich da treffen, wo es am meisten schmerzt, und das hat er geschafft. Auch ihr seid mit Sicherheit sein Ziel, doch hat er euch offensichtlich noch nicht finden können."

"Ist das entsetzlich!" entfuhr es Camilla, "wir haben dich da ja erst mit hineingezogen, dann ist Annas Entführung ja unsere Schuld!"

"Nein, nein, Camilla, so darfst du nicht denken, so etwas hättet ihr ja auch nicht ahnen können; leider habe auch ich eine solche Möglichkeit nicht in Betracht gezogen, ansonsten hätten wir Anna besser bewacht, aber wenn, dann hatte ich höchstens mit einer Gefahr nur für meine eigene Person gerechnet."

"Dann hat man sie also nicht mehr in der Pyramide erwischt? Wir waren nämlich vorhin dort und haben gesehen, daß dort kein Nebel mehr ist und daß dort jetzt ganz viele Menschen arbeiten", kam es von Lila.

"Nein, leider nicht; irgendwie muß er so etwas geahnt haben. Beide waren spurlos verschwunden und haben sogar noch den größten Teil der Maschinen und übrigen Einrichtungen abtransportiert. Wie das möglich war, ist mir ein absolutes Rätsel! Schließlich ist alles vom Sumpf umgeben, und Hubschrauber hätte man bemerken müssen. Er hat, soweit bisher bekannt, keinerlei Spuren hinterlassen, darum wissen wir auch überhaupt nicht, wo wir nach Anna suchen sollen."

"Wenn er Anna nun ... ?" flüsterte Martha tonlos.

"Nein, so etwas darfst du nicht denken", sagte Bernhard, mühsam um Fassung ringend, "das wird er nicht wagen!" Doch völlig überzeugt klang das nun wahrlich nicht. Eine Weile herrschte bedrückte Stille, lediglich unterbrochen durch zeitweiliges Schniefen Marthas.

"Ich glaube, wir müssen jetzt nach Hause", brach Camilla das Schweigen, "die anderen wissen gar nicht, wo wir sind. Wir werden Histran bitten, alles zu tun, um Anna zu finden. Sobald wir etwas in Erfahrung bringen können, sagen wir euch Bescheid."

Traurig verließen sie das Haus, Martha und Bernhard, der seine Frau in den Arm genommen hatte, verzweifelt zurücklassend.

Zu Hause angekommen, war natürlich erwartungsgemäß alles in hellem Aufruhr.

"Natürlich, ihr beiden wieder, ihr werdet es wohl nie lernen!" herrschte Histran sie an, als sie dort auftauchten, "euch muß man wohl auf Dauer einschließen, um sicher zu sein, daß ihr nicht ständig unerlaubt verschwindet!"

Von Killy bekam Camilla gar im ersten Affekt eine kräftige Ohrfeige. Völlig konsterniert blickte sie ihre Mutter an; das war, soweit sie sich erinnern konnte, das erste Mal in ihrem Leben, daß sie geschlagen wurde!

"Ich glaub', das wäre schon viel eher nötig gewesen", mischte sich jetzt auch noch die unverkennbare Stimme Meanmars ein", und die hier, "er zog dabei Lila am Ohr, "hätte es auch mal dringend gebraucht!"

Lila traten die Tränen in die Augen, nicht, weil es wehtat, sondern weil es ihr unangenehm war, so vor allen getadelt zu werden.

"Ab jetzt können wir euch nicht mehr unbeaufsichtigt spielen lassen", stellte Killy klar, "schließlich habe ich, und zwar auch für dich Lila, die Verantwortung. Sollte so etwas noch einmal vorkommen, mußt du zurück zu deiner Mutter, und ich werde mir überlegen, ob ich so schnell noch einmal einem Besuch von dir zustimmen würde!"

Lila senkte geknickt ihren Kopf, während Bregard, der sich im Hintergrund gehalten hatte, aufhorchte: sollte sein Wunsch vielleicht doch schon bald Wirklichkeit werden? Dann hatte Camilla bestimmt wieder mehr Zeit für ihn.

"So, und jetzt ab nach Hause, heute kommt ihr ohne Abendessen ins Bett, und zwar sofort! " befahl Killy.

"Aber Tante ... !"

"Keine Widerworte, los jetzt!"

"Mutter, es ist aber wirklich wichtig, und außerdem ein Grund, warum wir uns so verspätet haben!"

"Da bin ich aber mal gespannt, und ich kann nur sagen, wenn es nicht tatsächlich so wichtig ist, dann ...! Also erzähl!"

Camilla beeilte sich, dem nachzukommen und berichtete, was sie gesehen hatten und besonders, was Anna widerfahren war.

"Oh mein Gott! Die armen Eltern, das arme Kind!"

"Dieses verfluchte Dreckschwein!" rief Jondras, "wir müssen unbedingt etwas unternehmen!"

"Das sehe ich auch so", pflichtete Histran bei, "das sind wir Bernhard schuldig. Hoffentlich haben diese Ungeheuer in Menschengestalt dem Kind nichts angetan! Das Problem aber ist, wo soll man anfangen zu suchen?"

"Bernhard hat gesagt, daß Urkalan einen Großteil der Maschinen und Einrichtungen weggeschafft hat, und das in so kurzer Zeit. Das könnte bedeuten, daß er nicht allzu weit weg ist", gab Camilla zu bedenken.

"Hm, möglich. Zudem braucht er ein abgelegenes Gebiet, wo so schnell keiner hinkommt, und Möglichkeiten, seine Maschinen unterzubringen, dies schränkt die Auswahl doch schon erheblich ein.

Wem von euch fällt ein Platz ein, auf den diese Bedingungen zutreffen könnten?"

Nach einer Weile, in der keiner irgendwelche Ideen hatte, meldete sich Lila schüchtern: "Milla, du hast doch mal erwähnt, ganz zu Anfang, als ich herkam, daß es hier irgendwelche Labyrinthhöhlen gebe."

"He, ja, das wäre bedenkenswert!" rief Meanmar, "die liegen weit ab und hätten sicher mehr Platz als nötig."

"O.k., sollte kein anderer Vorschlag kommen, können wir zumindest dort erst einmal anfangen. Und zwar diesmal ohne spezielle weibliche Begleitung, die auch nicht versuchen wird, uns ungebeten zu folgen!"

Das hatten sie nun davon! Bedröppelt folgten sie Killy nach Hause, während die anderen sich auf die große Suchaktion vorbereiteten.

18

Anna erwachte durch ein Geräusch vom Fenster. Sie schlug die Augen auf; es war noch stockdunkel, nur durch das offene Fenster war ein schwacher Lichtschein von der etwas weiter entfernten Straßenlaterne wahrzunehmen.

Anna drehte sich mit einem Gähnen zur Wand und wollte weiterschlafen, doch dann sah sie noch einmal zurück; Wieso war denn das Fenster auf, Mama hatte es doch zugemacht?! Sie schlug die Decke zurück, um aufzustehen und das Fenster wieder zu schließen, sonst würden noch Mücken hereinkommen, da sah sie, wie aus dem Nichts, plötzlich eine massige Silhouette zwischen sich und dem Fenster. Sie wollte sich umdrehen und schreien, aber schon wurde ihr Hals von einem kräftigen Arm abgedrückt, und sie wurde hochgehoben. Gleichzeitig drückte ihr die andere Hand des Eindringlings einen übelriechenden Wattebausch auf Mund und Nase.

Anna strampelte und versuchte, die Hand wegzudrücken, aber ihr wurde immer schwindeliger und irgendwie machten ihre Arme und Beine nicht mehr so recht, was sie wollte, dann verlor sie allmählich das Bewußtsein.

Als sie wieder aufwachte, hatte sie furchtbare Kopfschmerzen, und ihr war sterbensübel. Ringsumher war nichts zu sehen, nur vollkommene Schwärze. Sie merkte jetzt auch, daß sie auf einem ihrer Arme gelegen hatte; zuerst fühlte er sich an, als gehöre er gar nicht zu ihrem Körper, dann fing er an zu kribbeln und wehzutun.

"Mama?"

...

"Papa?"

...

"Maamaaa, Papaaa!!!"

...

Sie lauschte, aber bis auf ein unbestimmtes Echo nach ihrem letzten Rufen war nichts zu hören. Doch, ein leises monotones Tropfen von Wasser, etwas weiter entfernt, aber sonst nur Stille. Anna hatte das Gefühl, sich übergeben zu müssen. Sie fühlte sich schrecklich allein und fing erst einmal an zu weinen. Doch das führte nur dazu, daß jetzt zusätzlich ihre Augen anfingen zu brennen und die Kopfschmerzen stärker wurden. Zu allem Überfluß drückte nun auch noch ihre Blase! Sie tastete umher; der Boden fühlte sich kalt, feucht und schmierig an, zudem roch es unangenehm; so ähnlich hatte die tote Maus im Gartenschuppen gerochen, die sie neulich entdeckt hatte. Warum konnte sie bloß überhaupt nichts sehen? Zu Hause war sie auch noch in tiefster Nacht in der Lage, selbst wenn die Straßenlaterne aus war, etwas zu erkennen. War sie jetzt vielleicht blind? Vor Angst krampfte sich ihr Herz zusammen und Panik machte sich in ihr breit; in ihrer Verzweiflung begann sie zu schreien und hörte erst auf, als ihr Hals schmerzte und ihre Stimme zu versagen begann. Da hockte sie nun, ein kleines Häufchen Elend, in tiefer Dunkelheit, allein und verlassen, ohne Essen und Trinken; bestimmt würde sie hier sterben! Erneut schnürte ihr die alles überwältigende Angst die Kehle zu. Sie sprang auf und rannte einfach los, nur irgendwie weg von hier! Aber weit kam sie nicht: Der Boden war glitschig und uneben, mehrmals rutschte sie aus und stolperte, dann prallte sie gegen eine Wand und fiel der Länge nach hin. Nässe und Kälte drangen durch ihre Kleidung, Hände und Gesicht waren lehmverschmiert, aber in ihrer totalen Hoffnungslosigkeit war ihr mittlerweile alles egal, sie blieb einfach so liegen.

Erst Stunden oder Tage später - so kam es ihr jedenfalls vor - drang ein neues Geräusch an ihr Ohr. Sie richtete sich mühsam auf, denn inzwischen waren ihre Glieder steif vor Kälte, und lauschte. Sie mußte die Zähne zusammenbeißen, damit sie nicht so klapperten, sonst konnte sie nichts hören. Ihr ganzer Körper zitterte unkontrolliert. Da, jetzt hörte sie es deutlicher, ja, es waren eindeutig Schritte, außerdem meinte sie einen schwachen Lichtschimmer zu sehen.

Immer deutlicher schälten sich Konturen aus der Dunkelheit; sie befand sich in einer Höhle, wie sie mittlerweile erkennen konnte. Die Decke wölbte sich weit über ihr, und schemenhaft konnte sie Tropfsteine erahnen. Dann sah sie den Lichtschein einer starken Lampe um eine Höhlenbiegung kommen.

"Hilfe, hier bin ich!" schrie sie mit krächzender Stimme, "bitte, helft mir!"

Der Lichtkegel schwenkte zu ihr hinüber und blendete sie; schützend hielt sie den Arm vor die Augen. Die Schritte kamen näher und hielten bei ihr an.

"Na, wie geht es unserer kleinen Ratte denn heute?" hörte sie eine kehlige Stimme sagen. Sie nahm den Arm herunter: vor ihr stand ein dicklicher, gedrungener Mann mit rundem Gesicht und Schweinsäuglein, die sie mit einem hinterhältigen Ausdruck musterten.

"Hast dich ja ordentlich schmutzig gemacht, das würde deine Mama aber bestimmt nicht gerne sehen, und auch noch naß, du könntest dir 'ne Erkältung holen!" sagte er höhnisch. Anna traten vor Enttäuschung erneut die Tränen in die Augen; dieser Mann würde ihr mit Sicherheit nicht helfen, ganz im Gegenteil!

"Haste Hunger, häh?" fragte er und hielt ihr ein lecker duftendes gebratenes Hühnerbein vor die Nase, das er aus einer mitgebrachten Tüte gezogen hatte. Dankbar griff Anna danach, aber im letzten Augenblick zog er es grinsend weg und biß selbst hinein, um es in kürzester Zeit schmatzend und schlabbernd hinunterzuschlingen.

"Hier, sollst ja auch nich' leben wie'n Hund", sagte er, lachte kehlig und hielt ihr ein Stück altbackenes Brot hin, um es im letzten Moment, bevor sie zufassen konnte, in den Dreck fallen zu lassen.

"Das gute Brot", sagte er vorwurfsvoll, "konntest du es nich' festhalten? Jetzt ist es dreckig! Na dann guten Appetit, zu trinken wirst'e hier schon irgendwo was finden, baden könntste auch mal!"

Wieder ließ er sein kloßig meckerndes Lachen ertönen, dann drehte er sich um und stapfte davon.

"Aber ich hab doch gar kein Licht", wimmerte Anna, "wie soll ich denn da was zu trinken finden?"

"Kriech rum!" rief er über die Schulter zurück, "wenn du ins Wasser patschst hast' es gefunden!"
Anna lief ein paar Schritte hinter ihm her, "bitte, bitte, bringen sie mich hier heraus!" flehte sie, "ich geb ihnen auch mein ganzes Taschengeld!"
Der Unhold jedoch lachte nur und machte abrupt die Lampe aus, so daß Anna, die nicht rechtzeitig anhalten konnte, über einen Stein stolperte und stürzte. Als er das Geräusch des Sturzes hörte, knipste er das Licht wieder an. "Vorsicht, Vorsicht, du könntest dich verletzen", sagte er mit heuchlerischer Besorgnis in der Stimme, "und sieh zu, daß du hier nichts kaputt machst, ha, ha, ha!" Damit drehte er sich endgültig um und verschwand um die Höhlenbiegung. Wieder wurde es finster. Oh je, jetzt konnte sie nichts mehr sehen, und sie hatte vergessen, das Brot aufzuheben, als noch Licht da war. Verzweifelt krabbelte sie zurück, mit den Händen umhertastend, um das Brot zu finden. Doch alle Suche war vergebens; als sie hinter ihm hergelaufen war, hatte sie sich nicht genau die Richtung gemerkt, und in dieser absoluten Schwärze war ohnehin jede Orientierung unmöglich. Ob sie es vielleicht lieber in der Richtung versuchen sollte, in die der Mann verschwunden war? Möglicherweise fand sie dort einen Ausgang. Doch jetzt war sie auf der Suche nach dem Brot schon eine Weile hin und hergekrochen und konnte sich beim besten Willen nicht mehr erinnern, welches die entsprechende Richtung war. Wieder wurde sie von einem Weinkrampf geschüttelt, obwohl sie eigentlich gar nicht weinen wollte. Ihre Hände waren, ebenso wie die Knie, durch die eisige Nässe des Bodens kalt und gefühllos geworden. Zittrig erhob sie sich und horchte. Als nächstes tastete sie sich Fuß für Fuß, die Hände vorgestreckt, in die Richtung, in der sie das Tropfen des Wassers gehört hatte. Dann hatte sie eine Pfütze oder einen Höhlenteich gefunden, wie sie an dem eiskalten Wasser merkte, das ihr in den Schuh lief.
Sie hockte sich hin und probierte vorsichtig eine Handvoll des Wassers; es schmeckte sauber und gut.

Anna trank soviel, bis ihr Durst ganz gestillt war, dann suchte sie sich eine Stelle, etwas weiter vom Wasser weg, die sie als Toilette benutzen konnte. Erleichtert begab sie sich sodann zum Wasser zurück, wo sie sich Hände und Gesicht wusch. Danach fühlte sie sich zwar sauberer, aber noch unterkühlter. Auch auf der Stelle hüpfen und ähnliche Bewegungen führten nicht dazu, daß ihr wärmer wurde, und die Kniebeugen hatte sie sofort wieder aufgegeben, als ihre versteiften Gelenke mit furchtbaren Schmerzen protestierten. Die Höhlenluft war zudem zu kalt und zu feucht, als daß eine Chance bestanden hätte, daß ihre Kleidung trocknen könnte. Das Schlimmste war, daß nirgends eine Stelle zu finden war, wo der Boden trocken war, so daß sie sich nicht hinsetzen oder hinlegen konnte, ohne noch kälter zu werden. Frustriert stand sie da und starrte in die Dunkelheit. Sie war todmüde, aber im Stehen konnte sie doch nicht schlafen, und hinlegen wollte sie sich nicht, außerdem hatte sie Bauchschmerzen; wahrscheinlich von dem vielen kalten Wasser und weil sie schon so lange nichts gegessen hatte. Plötzlich hörte sie eine Tür klappen, schlug die Augen auf und stellte erfreut fest, daß sie zu Hause in ihrem warmen Bett lag. Eben kam ihre Mutter herein, und brachte ihr das Frühstück ans Bett: Brötchen mit Honig und heißen Kakao. Anna griff nach einer Brötchenhälfte, während ihre Mutter ihr mit der Hand durch die Haare strich. Dabei blieb sie aber wohl in einem 'Nest' hängen, denn es ziepte fürchterlich.

"He, aufwachen du Schlafmütze!" wurde sie abrupt aus dieser angenehmen Szene gerissen, und erneut zog jemand ruckartig an ihren Haaren.

"Aua, das tut weh!" jammerte Anna und öffnete die Augen. Enttäuscht stellte sie fest, daß sie immer noch in der Höhle war. Sie mußte doch tatsächlich im Stehen eingeschlafen sein! Derjenige, der sie an den Haaren gezogen hatte, war nicht der gleiche wie letztes Mal: Dieser war schlanker, mit dünnem Bart an Kinn und Oberlippe, einem lichten Haarkranz auf dem Kopf, stechenden Augen und schmalen Lippen.

"Komm mit!" befahl er kurzangebunden, wandte sich um und ging mit weitausholenden Schritten voran. Anna versuchte, so gut es ging, mit ihren schmerzenden Beinen hinterher zu humpeln.

"Ich kann nicht so schnell", klagte sie und faßte sich an das linke Knie, welches besonders wehtat.

"Stell dich nicht so an, du Jammerlappen!" fauchte der Mann, nahm aber das Tempo soweit zurück, daß sie es so gerade schaffte, nicht abgehängt zu werden. Nach einiger Zeit wand sich die Höhle immer mehr in die Höhe, bis sie eine Grotte erreichten, in die aus zwei hochliegenden Öffnungen Tageslicht hereinfiel. An der einen Seite zweigte hier ein eindeutig künstlich angelegter Gang ab, der von Fackeln beleuchtet war. Der Mann wies sie an, hier stehenzubleiben, und verschwand in dem Gang. Ehe sie jedoch groß über Fluchtmöglichkeiten nachdenken konnte, war er wieder da, mit einer Tüte in der Hand.

"Zieh dich aus!"

"Äh, was?" fragte Anna erschrocken.

"Du sollst dich ausziehen, und zwar flott!" wiederholte er drohend.

Zitternd begann Anna ihre durchnäßten Sachen auszuziehen. Doch das klappte alles nicht so recht; erst bekam sie mit ihren klammen Fingern die Knöpfe ihrer Bluse nicht auf, und dann kriegte sie die Hose nicht über die Füße.

"Meine Güte, bist du blöd!" schrie der Bärtige sie an, "zieh doch erst mal die Schuhe aus!"

Verängstigt gehorchte Anna. Wieso war sie nur nicht selbst darauf gekommen? Irgendwie schienen ihre Gedanken alle nur in Zeitlupe durch ihren Kopf zu gehen. Und überhaupt, fiel ihr erst jetzt auf: Wie war sie überhaupt in ihre Sachen hineingekommen? Als sie zu Hause überfallen worden war, hatte sie doch nur ein Nachthemd angehabt! Endlich hatte sie die durchweichten Knoten der Schnürbänder gelöst und die Schuhe ausgezogen; ihre Füße fühlten sich an wie Eisklötze. Als nächstes schaffte sie es, sich der Jeans zu entledigen. Dann blickte sie den Mann an, der ihre

ungeschickten Bewegungen ungeduldig verfolgt hatte.
"Auch die Unterwäsche!" drängelte er.
Was wollte der denn bloß, dachte Anna, wagte aber
nicht sich zu widersetzen. Hastig zog sie auch noch
Unterhemd und Schlüpfer aus und stand dann frierend
in dem kühlen Luftzug, der durch die Höhle streifte und
ihr eine Gänsehaut verpaßte.
"So, jetzt zieh dir hier diese trocknen Sachen an, ich
hab keine Lust, daß du mir krepierst, schließlich habe
ich noch einiges an Experimenten mit dir vor!"
So erleichtert Anna bei den ersten Worten war, so sehr
beunruhigten sie die letzteren. Was meinte er wohl für
Experimente?
In der Tüte befand sich Kleidung, die man wohl bei dem
Überfall aus ihrem Zimmer mitgenommen hatte.
Schnell streifte sie neues Unterzeug, Socken, T-Shirt
und ihre graue Jogginghose über und zog auch noch
trockene Schuhe an. Am liebsten hätte sie jetzt auch
einen Pullover gehabt, aber mehr war nicht in der Tüte.
Zumindest bemerkte sie nun erste kribbelnde
Anzeichen von Leben in ihren Füßen. Als nächstes
stellte der Mann ihr Brot und einen Becher Tee hin.
"Bäh, ausgerechnet Kamillentee!" dachte Anna und probierte, "igitt, und auch noch ohne Zucker!" Sie wagte
aber nichts zu sagen, immerhin war das Gebräu heiß
und wärmte ihre Hände und den Bauch. Anschließend
machte sie sich heißhungrig über das Brot her. Der
Mann beobachtete sie dabei, spöttisch grinsend.
"Ich werde dich jetzt allein lassen, aber versuch nicht
zu fliehen, das könnte schmerzhaft oder sogar tödlich
enden; meine Wächterin kennt da keine Gnade, also
beweg dich immer langsam und vorsichtig. Erschrecke
sie nicht und nähere dich nie den Ausgängen. Auch
lautes Schreien oder Rufen solltest du besser unter-
lassen," warnte er Anna.
"Wo ist denn meine Wächterin?" fragte Anna und
blickte sich um, "ich sehe niemanden."
Statt einer Antwort holte der Mann ein metallenes
Röhrchen aus einer der vielen Taschen seines langen
Gewandes und blies hinein. Falls dabei ein Ton

entstanden sein sollte, konnte Anna ihn jedenfalls nicht hören, aber unmittelbar danach sah sie, wie etwas dunkles, ungefähr fußballgroßes aus einer Nische in der Höhlenwand hervorgeschossen kam und mit wirbelnden Beinen auf sie zurannte. Voller Ekel und Abscheu erkannte Anna, daß es sich um eine riesige Spinne handelte. Entsetzt wich sie zurück und klammerte sich an den Arm des Mannes.

"Laß sofort los!" fuhr dieser sie an, "sonst denkt sie, du willst mich angreifen und dann ist es um dich geschehen! Außerdem faßt niemand den Magier Urkalan ungebeten an, merk dir das!"

Eingeschüchtert ließ Anna los und ging noch einen Schritt zurück; das Untier folgte jedoch auf dem Fuße.

"Setz dich hierher", ordnete Urkalan an und wies auf eine am Boden liegende Decke, "in etwa zwei Stunden bin ich zurück, außerdem kommt Gregor, mein Gehilfe, zwischendurch kontrollieren."

Anna ließ sich langsam, ohne die Spinne aus den Augen zu lassen, auf der Decke nieder.

"Nun, meine Hübsche", raunte Urkalan und streichelte der Arachnide über den fetten Leib, "daß du mir ja gut auf dies Leckerchen aufpaßt, laß sie nie aus deinen acht Augen!" Mit diesen Worten entfernte sich der Magier und verschwand durch den Seitengang.

Nach dem großen Becher Tee verspürte Anna nun wieder ein dringendes menschliches Bedürfnis und wollte sich erheben um eine geeignete Stelle zu suchen, aber schon bei der ersten Bewegung war die Spinne da und angelte mit ihren haarigen Beinen nach ihr. Anna ließ sich erschreckt zurückfallen. Doch dadurch wurde es noch schlimmer: durch die plötzliche Bewegung alarmiert, sprang die Spinne sie an und zog sich an ihr hoch. Die scharfen Klauen an ihren Beinenden gruben sich schmerzhaft in ihre zarte Haut, und zu ihrem größten Entsetzen krabbelte das Biest ganz auf ihren Kopf, wo es sich in ihren Haaren festklammerte und ab und zu mit dem einen oder anderen Bein in ihrem Gesicht herumtastete. Anna schnürte es vor Angst den

Hals zu, und voller Ekel spürte sie, wie der wabbelige Hinterleib auf ihrem Kopf hin- und herrutschte. So langsam es ging, lehnte sie ihren Kopf gegen eines ihrer hochgezogenen Knie und umschlang ihre Beine mit den Armen, denn das Tier war ganz schön schwer, und sie konnte den Kopf, ohne ihn zu stützen, sicher nicht lange oben halten. Oh Gott, wie sollte sie das bloß zwei Stunden ertragen, denn Gregor, dieser Sadist würde, nur um sie zu quälen, die Spinne bestimmt nicht herunterbeordern. Und das, wo sie auch noch so nötig mußte; sie konnte doch nicht in die Hose machen, das war alles so schrecklich gemein! Doch es ließ sich nicht verhindern, eine halbe Stunde später war es so weit, Anna konnte es nicht mehr zurückhalten. Vor Scham fing sie neuerlich an zu weinen. Das einzig Positive daran war, daß der Spinne der Uringeruch offensichtlich ebenfalls zuwider war, jedenfalls kletterte sie von Anna herunter, verharrte einen Augenblick unschlüssig und postierte sich dann in ungefähr drei Metern Entfernung von ihr auf einem Stalagmitenstumpf. Anna rutschte auf eine trockene Stelle der Decke und wickelte diese so gut es ging um sich herum, um nicht wieder so zu frieren. Dabei mußte sie sehr langsam agieren, denn bei jeder schnelleren Bewegung zuckte die Spinne in ihre Richtung los.

Wenig später gelang es ihr sogar, einzuschlafen und in unruhige, verworrene Träume zu sinken.

19

Die Elfen, die sich bei der Suche nach Anna beteiligten, waren heute morgen aufgebrochen. Wehmütig hatten die beiden abenteuerlustigen Mädchen ihnen hinterhergeblickt. Jetzt saßen sie auf ihrer Pyramide und langweilten sich, angesichts eines solchen 'echten' Abenteuers verloren alle gespielten ihren Reiz. Gruffig warf Lila einen Stein nach einer unschuldig dasitzenden Fliege.

"Bis zu einer Woche haben sie für das Durchsuchen der Höhlen angesetzt", regte sie sich auf, "und wir dürfen nicht weiter weg, als Tante Killy rufen kann!"

"Ja, das ist echt frustig", stimmte Camilla zu, "was sollen wir denn nur die ganze Zeit hier machen?"

Lila drehte sich auf den Bauch, dabei glitt ihr Blick in Richtung Killys Hütte.

"Ach herrje, da kommt, glaub' ich, schon wieder dein Freund!" stöhnte sie.

Camilla boxte sie in die Seite, "hör mal, Lil, das ist nicht mein Typ, ich war ihm nur dankbar, weil er uns schließlich mal gerettet hat, o.k.? Außerdem kann er das gar nicht sein, weil er heut morgen mitgeflogen ist. Den nehmen sie nämlich immer und überall hin mit!"

Daraufhin sah Lila noch einmal genauer zu der ankommenden Person, irgendwie wirkte sie so vertraut.

"Mama!" rief sie, sprang vom Dach, sauste ihr entgegen und stürzte sich in ihre Arme. Ihre Mutter preßte sie fest an sich: "Meine Güte, Lila, daß euch nichts Schlimmes zugestoßen ist!" rief sie aus, "ich bin nämlich schon seit zweieinhalb Stunden hier, und Killy hat mir schnell erzählt, was hier alles so passiert ist."

"Ooh, schade, das wollte ich dir doch selbst erzählen", sagte Lila enttäuscht.

"Sei nicht traurig Lila", beschwichtigte Sara, "Killy hat mir alles nur in groben Umrissen erzählt, und ich bin schon gespannt darauf, die ganze Geschichte von dir und Camilla zu hören."

Dann mußte sich auch Camilla eine heftige Umarmung gefallen lassen, bevor die Mädchen Sara zu Killy zurückbegleiteten. Dort gab es dann erst einmal ein herzhaftes Mittagsmahl, nach welchem Lila und Camilla ausführlich von ihren Abenteuern, ein ums andere Mal von entsetzten Ausrufen Saras unterbrochen, berichteten. Nachdem sie fertig waren, wirkte Lilas Mutter richtig geschafft.

"Schwesterherz", sagte sie zu Killy, "ich glaube, ich brauche jetzt dringend einen Schluck Wein!"

"Ich werde mir auch einen genehmigen", schloß diese sich an, "obwohl ich die Geschichte ja schon öfter gehört habe, wird auch mir noch jedesmal wieder flau im Magen."

Nach ein paar Beruhigungsschlucken forderte Killy: "Aber nun mußt du uns mal erzählen, was es bei euch so Neues gibt. Habt ihr schon einen geeigneten Platz gefunden? Und wenn ja, wo?"

"Ja genau, Mama, ziehen wir nun um?"

"Hm, wir wissen es selbst noch nicht so recht; an sich hätten wir schon etwas Schönes gefunden. Wir haben uns eine ganze Reihe von Orten angesehen, aber die meisten waren nichts. Eindeutig am besten gefallen hat uns das Kartal, das wir ja schon von Anfang an favorisiert hatten, aber, hm."

"Wieso, was ist denn da nicht richtig, Mama?"

"Im Prinzip ist dort alles so, wie wir es brauchen: Die Landschaft ist wunderschön, es gibt herrliche Teiche und Bäche, faszinierende Berge, geeignete Siedlungsplätze und ein gutes Nahrungsangebot."

"Und warum gibt es dann noch Zweifel?" fragte Killy.

"Wir haben dort etwas gesehen, das uns beunruhigte, und mich jetzt um so mehr, nachdem ich eure Geschichten gehört habe."

"Nun, was denn, erzähl schon!" drängte Lila.

"Wir haben dort eine von diesen Riesenameisen entdeckt, etwas nördlich des Kartales in Richtung der alten Ruinenstadt."

"He, Lil, das ist es!" rief Camilla aufgeregt, "dort müssen wir suchen, die anderen werden in den Labyrinthhöhlen nichts finden!"

"Hä?" machte Sara verdutzt, "was ist was? Wonach wollt ihr suchen?"

"Ach ja, das hatten wir dir ja noch gar nicht erzählt", erklärte Lila, "Urkalan hat Bernhards kleine Tochter Anna entführt, und eine große Gruppe Elfen unter Histrans Leitung ist zu den Labyrinthhöhlen geflogen, um dort nach Anna zu suchen, in der Annahme, daß Urkalan sich nach seiner Flucht aus der Pyramide dorthin zurückgezogen haben könnte, und ....."

"Ja, und wenn du jetzt sagst, daß ihr bei der Ruinenstadt so eine Ameise gesehen habt", unterbrach Camilla, "dann ist er bestimmt dort und hält Anna irgendwo zwischen den Ruinen gefangen. Wir müssen schnellstens hin, ehe er ihr etwas antut. Da können wir auf keinen Fall warten, bis die anderen zurück sind, denn das kann noch Tage dauern." Eine leichte Schadenfreude war dabei in ihrer Stimme nicht zu überhören.

"Tja," sagte Killy", ich fürchte, ihr habt recht, wir können Anna nicht in den Händen dieses Ungeheuers lassen. Aber diesmal kommt ihr nicht alleine weg: Sara und ich werden euch begleiten!"

Bei diesen Worten blickte Sara etwas bestürzt drein, widersprach aber nicht.

Sie beschlossen, den Weg noch am selben Tag anzutreten, um Anna möglichst schnell aus ihrer Pein befreien zu können. Während Sara und die beiden Mädchen die nötigen Sachen zusammensuchten, flog Killy noch eilig ins Dorf, um dort Bescheid zu sagen, was sie vorhatten, damit eventuell von den zurückkehrenden Elfen Hilfe kommen könnte, sollte etwas schiefgehen.

Zuerst überlegten sie noch, ob sie über den Ullasee fliegen sollten, um von dort noch Elfen zur Hilfe mitzunehmen, da man hier aus dem Dorf niemanden mehr entbehren konnte, weil alle Verfügbaren bei den Labyrinthhöhlen waren, entschieden sich jedoch dagegen, da es einen Umweg von gut eineinhalb Tagen bedeuten würde und sie nicht wußten, wie lange

Urkalan Anna am Leben ließe. (Sofern er sie nicht schon umgebracht hatte!)

So flogen sie denn los, über den Zulauf des Sees, den Bach durch das tiefeingeschnittene Tal entlang in Richtung auf die fernen Berge zu, zwischen denen sich das Kartal und die Ruinenstadt befanden. Die Strecke kannte keine von ihnen genau, da Sara die einzige war, die schon einmal im Kartal gewesen war, da aber vom Ullasee her gekommen war; jedoch erwies dies sich nicht als unüberbrückbares Hindernis, weil sie sich immer wieder an markanten Berggipfeln orientieren konnten, an welche Sara sich erinnerte. Am Abend fanden sie in dem verlassenen Bau eines Grünspechtes in einem abgestorbenen Baum Unterschlupf. Hier drinnen war es warm und geschützt. Eng aneinandergekuschelt verbrachten sie eine ruhige, gemütliche Nacht. Am nächsten Morgen ging es bei Sonnenaufgang weiter. Nebel lag noch in den Tälern und zwischen den Bäumen; Sonnenstrahlen drangen, in viele Lichtbalken gespalten, hindurch. Tautropfen glänzten in Spinnennetzen und an den Gräsern. Es war noch empfindlich kühl. Vielerlei Vögel waren mit ihrem Morgengesang zu vernehmen; alles in allem war es ein wunderschöner, friedlicher Morgen, in den die Gedanken an die Untaten und finsteren Pläne Urkalans gar nicht so recht passen wollten.

"Was glaubst du, Mama, werden wir die Ruinenstadt noch heute erreichen?"

"Das kommt darauf an, wie gut wir vorwärtskommen, und das wiederum richtet sich nach eurer Kondition, Lila, aber, wenn wir durchhalten, schätze ich, daß wir bei Einbruch der Dunkelheit dort ankommen sollten."

"Seid ihr eigentlich auch in der Ruinenstadt gewesen?" fragte jetzt Camilla.

"Nein, so weit sind wir nicht gekommen. Abgesehen davon hatten wir ja bis dahin auch gar kein Interesse daran, da die alte Stadt wohl kaum der richtige Siedlungsstandort für Elfen wäre. Und ich glaube, so war es auch besser, denn, da wir von diesem Urkalan nichts wußten, wären wir ihm womöglich völlig unvorbereitet in die Arme gelaufen; dann hätte er jetzt ein paar Gefangene mehr, und ihr hättet nicht gewußt, wo er sich nun aufhält."

Allmählich wurde ihr Weg beschwerlicher, denn nach Auflösung des Frühnebels kam ein frischer Wind auf, der von den Bergen herabwehte und sie beim Fliegen behinderte. So hielten sie sich möglichst tief in den Tälern und zwischen Bäumen und Büschen. Auf diese Weise konnten sie zwar wieder schneller fliegen, mußten aber, da sie so auf den Verlauf der Täler angewiesen waren, einige Umwege in Kauf nehmen. Erst am späten Nachmittag, als ihre Muskeln schon allmählich zu ermüden begannen, schlief der Wind langsam ein, und über den sonnigen Flächen wurde es angenehm warm. Sie bogen von dem größeren Wasserlauf nun in ein breites Tal ein, durch welches sich ein klarer Bach munter hin- und herwand. Hier und da gab es kleinere sumpfige Stellen mit stillen Tümpeln, über denen Libellen kreisten. Weite Blumenwiesen wechselten sich mit Bruchwäldern und wilden Obstgehölzen ab. Zwischendurch sahen sie auch einen größeren Teich, der von einem Biberdamm aufgestaut worden war. Mit dem warmen Hauch des verbliebenen Windes wurde ihnen der Duft unzähliger blauer Irisblüten zugetragen, die das Ufer säumten.

"Das", sagte Sara nun, "das ist das Kartal, wo wir eventuell hinziehen wollen."

"Oh Mama, es ist wunderschön hier", rief Lila, "ich glaube, hier würde es mir gefallen!"

"Mir auch", stimmte Camilla zu, "hier ist es ja noch schöner als bei uns, findest du nicht auch, Mama?"

"Nun ja, ob schöner als bei uns, weiß ich nicht so recht, aber es hat schon seinen eigenen Reiz."

"Ja, es ist herrlich hier, nicht wahr?" schwärmte Sara, "wenn nur die Geschichte mit diesem Magier nicht wäre!" Das brachte sie auf den Boden der Tatsachen, und ihre verklärten Gesichter wurden wieder ernst.

"Außerdem müssen wir das Tal dort hinten, bei dem schmalen Einschnitt zwischen den Felsen, verlassen und in Richtung der Ruinen abbiegen."

Mittlerweile waren die Schatten schon lang geworden, und die Temperatur ging merklich zurück. Nachdem sie den angesprochenen Einschnitt durchquert hatten, wurde die Gegend rauher und wilder. An den Felshängen wuchsen verkrüppelte Kiefern, und ein schmaler Bach sprang in unzähligen Kaskaden zu Tal. Zu Fuß hätte man diesen Weg schwerlich bewältigen können, denn die Felsabstürze, über die das Wasser hinabsprühte, waren sehr hoch und boten kaum Griffmöglichkeiten. Der Boden war nun schon kaum noch auszumachen, und auch das verbliebene Dämmerlicht am Himmel schwächte sich rapide ab.

"Hoffentlich finden wir die Stadt überhaupt", zweifelte Camilla, "man sieht ja schon jetzt fast gar nichts mehr!"

"Es ist wirklich ärgerlich", meinte Killy, "den ganzen Tag hatten wir den herrlichsten Sonnenschein, und jetzt ist es doch tatsächlich bewölkt, sonst hätten wir wenigstens ein bißchen Sternenlicht und später auch vom Mond, wenn er aufgegangen ist, aber so ... ?"

Doch ehe sich die allerletzten Lichtreste verflüchtigt hatten, erreichten sie eine windige Hochebene, wo sie beim letzten Schimmer, weit hinten, die Reste der gesuchten Stadt erahnen konnten.

Noch annähernd eine volle Stunde waren sie unterwegs, ehe sie die ersten Gebäudereste erreicht hatten. Sie hatten Glück, denn der Wind hatte die Wolken aufgerissen, und immer häufiger erhellte das kalte Licht des Vollmondes die gespenstische Szenerie. Bisher hatten sie, trotz höchster Aufmerksamkeit, noch keines von Urkalans Geschöpfen erblickt; doch das mußte nichts heißen, gerade hier zwischen den Trümmern konnten sie sich überall verborgen halten, und die Elfen mußten achtgeben, nicht überrascht zu werden. Verstohlen huschten sie von Ecke zu Ecke, jedes Gebäude, welches sie passierten, genau unter-suchend. Sie überquerten ein Trümmerfeld, in dem man praktisch keine Bausubstanz mehr erkennen konnte. Vor ihnen erhoben sich jetzt die Reste eines gewaltigen Bauwerkes; man sah noch die riesigen

Seitenmauern sowie etliche Bogenansätze, die erahnen ließen, daß sich hier eine ausgedehnte Halle befunden haben mußte. Im Hintergrund ragte ein quadratischer Turm empor, dessen Spitze eingestürzt war. Unvermittelt hörten sie aus dem vor ihnen liegenden Einschnitt, der wohl ehedem eine Straße gewesen sein mochte, ein schlurfendes Geräusch. Blitzartig, wie auf Kommando, verschwanden sie zwischen den herumliegenden Mauerresten, hinter denen sie nun mit klopfenden Herzen hervorlugten. Sie mußten sich noch eine ganze Weile gedulden, bevor etwas zu sehen war. Jetzt war auch noch ein heftiges tiefes Surren zu vernehmen, das entfernt an einen Hubschrauber erinnerte, dann wieder scharrende, schleifende Geräusche. Plötzlich tauchte hinter einem Trümmerteil ein auf- und abwippender, schimmernder, ovaler Körper auf, der von einem fast halbmeterlangem Stachel gekrönt wurde. Eine Zeitlang war nicht mehr zu sehen, weil die tiefliegende Straße von Steinen verdeckt wurde. Dann aber schob sich der Leib an der gegenüberliegenden Mauer empor; es folgte ein stabförmiges Körperteil, neben dem gewaltige Insektenbeine auftauchten. Jetzt hatte das Tier eine Höhe erreicht, in der man es in Gänze betrachten konnte; es war eine überdimensionale, rund zwei Meter lange Schlupfwespe, die sich offensichtlich mit etwas Schwerem abmühte. Das unwillige Surren, welches sie vorhin gehört hatten, rührte von ihren Flügeln her, die sie ab und zu einsetzte, um ihre Beine zu unterstützen. Wieder hatte sie ein Stück an der Mauer hoch geschafft. Die Elfen hielten den Atem an: Das, was die Wespe hinter sich hergeschleift hatte und nun die Mauer hinaufzerrte, war ein Menschenmädchen oder eine junge Frau, die unbekleidet und leblos in den Fängen des Insekts hing. Dieses hatte sie mit den Beißzangen am Bauch und mit dem vorderen Beinpaar an einem Oberschenkel und am Brustkorb gepackt und beförderte sie ungeachtet aller Hindernisse zu einem unbekannten Ziel.

"Oh nein, die Ärmste!" hauchte Camilla und ihr kamen die Tränen, "es hat sie umgebracht und wird sie fressen!"

"Nicht zwangsläufig", bestritt Killy, "solch große Beute fressen Schlupfwespen so gut wie nie, sie benutzen sie als Nahrung für ihre Larven. Das heißt, sie betäuben sie mit einem Stich, schleppen sie in ihren Bau, legen ein Ei an oder in dem Opfer ab und verschließen dann die Höhle. Sobald dann die Larve schlüpft, ernährt sie sich von dem noch lebenden Körper."

Lila schüttelte sich, "das ist ja ekelhaft! Wir müssen unbedingt sehen, wo das Monster sie hinbringt. Wenn es dann weg ist, können wir sie befreien und das Ei entfernen!"

"Ganz so einfach wird das wohl nicht sein, schätze ich", grübelte Killy und strich sich über das Kinn, "So eine Betäubung ist extrem lang anhaltend, und wir sind nicht in der Lage, das Menschenmädchen ohne Hilfe zu transportieren."

"Aber wir können so etwas doch nicht einfach geschehen lassen!" rief Lila.

"Pssst, nicht so laut!" flüsterte Killy beschwörend, "ich habe ja auch nicht gesagt, daß wir nichts unternehmen. Zum Beispiel, das Ei entfernen könnten wir durchaus; dann ist sie auch erstmal in Sicherheit, denn nach der Eiablage kümmern sich die Wespen nicht mehr um ihre Opfer, so daß wir Zeit bekämen, Hilfe zu holen. Andererseits müssen wir uns ja auch noch um Anna kümmern. Außerdem ist ja noch gar nicht gesagt, daß die Wespe das Mädchen für sich holt: Bei dem Monstrum ist ja klar, daß es sich um eine Schöpfung Urkalans handelt, also hat sie ihr Opfer vielleicht in seinem Auftrag erbeutet und bringt sie nun zu ihm."

"Dann müssen wir auch auf jeden Fall hinterher", flüsterte Sara, "eventuell führt es uns direkt zu ihm, und wir finden Anna, wenn sie noch lebt."

"Urkalan hat offensichtlich, im wahrsten Sinne des Wortes, riesige Fortschritte gemacht", wisperte Killy, während sie der Wespe langsam in respektvollem

Abstand folgten, "zu was allem mag er noch fähig sein?"

Das Tier hatte jetzt mit seiner Last ein verfallenes Gebäude am Fuß des Turmes erreicht und zwängte sich, weiterhin rückwärts kriechend, durch eine schmale Türöffnung, aus der ein kaum wahrnehmbarer Lichtschein drang.

Wenig später waren auch Lila und Camilla mit ihren Müttern an der Tür und spähten vorsichtig hinein.

20

"Aufwachen, Zuckerpüppchen!"
Oh nein, diese kehlige Stimme, Gregor war wieder da! Jetzt würde die Quälerei erneut losgehen! Voll furchtsamer Erwartung öffnete Anna die Augen. Aber diesmal war Gregor nicht allein, auch Urkalan befand sich im Raum und schickte eben in diesem Augenblick die Spinne zurück in ihren Unterschlupf, wo er ihr zur Belohnung Fleischstücke undefinierbarer Herkunft zuwarf. Das Tier machte sich sofort daran, diese mit seinen Verdauungssäften aufzulösen und in sich hinein-zuschlürfen. Angewidert drehte Anna den Kopf weg, um den unappetitlichen Anblick nicht länger ertragen zu müssen.
"Na, magst's wohl nicht sehen, häh? Wart' nur, nicht mehr lang, dann kann ich deine Überreste an unseren kleinen Liebling verfüttern", flüsterte Gregor. Anna schauderte, biß die Zähne zusammen, um nicht die Beherrschung zu verlieren, und schluckte schwer. Gerade wollte Gregor noch etwas sagen, überlegte es sich dann aber doch anders, als er sah, daß sein Meister in ihre Richtung kam.
"Los, du Faulpelz", herrschte er Gregor an, "bring sie nach oben, die Käfige sind jetzt fertig; und füg ihr keine Verletzungen zu, ich brauche sie noch heil und ganz, verstanden?!"
"Ja, Meister, zu Befehl, Meister!" erwiderte Gregor unterwürfig, dann packte er Anna und zerrte sie hoch, um sie wie ein Bündel unter den Arm zu nehmen.
"Igitt, die hat sich ja vollgepißt!" rief er wütend und ließ sie auf den Boden fallen, wo sie hart aufschlug und einen Moment benommen liegen blieb.
"Sachte, sachte, du tumber Tölpel!" fauchte Urkalan, der hinzugetreten war, "ich hab es dir doch gerade gesagt!" Wütend schlug er Gregor mit der Faust ins Gesicht, so daß dessen Nase zu bluten anfing.
"Und nun zu dir, du Ferkel; stimmt das, was er gesagt hat? Ach laß, ich seh's schon. Hast du in deinem Alter

etwa noch nicht gelernt, daß man nicht in die Hose macht? So eine Schweinerei!"

"Die Spinne hat mich nicht gelassen", wimmerte Anna, "immer wenn ich mich bewegen wollte, hat sie mich angesprungen!"

"Jetzt hör auf zu flennen, das kann ich nicht ausstehen. Hoch mit dir! Du gehst jetzt mit Gregor, und keine Zicken!"

Gregor faßte sie mit einem schmerzhaften Griff an der Hand, der sie fast wieder in die Knie gehen ließ, und zog sie hinter sich her in den künstlich geschaffenen Gang. Dieser war lang, muffig und düster. Der Rauch der in großen Abständen angebrachten Fackeln machte das Atmen schwer und ließ Annas Augen brennen. Zudem ging Gregor viel zu schnell, so daß, als Anna einmal stolperte, sie sich nicht auf den Beinen halten konnte und Gregor sie meterweit hinter sich herschleifte. Dabei verdrehte er auch noch ihren Arm, daß sie schrie.

"Schnauze!" brüllte er sie an, "wenn mein Meister das mitkriegt und mir Ärger macht, dreh' ich dir den Hals um!"

Anna schluchzte und hielt sich den Arm, während sie sich beeilte, mit Gergor Schritt zu halten. Nun bogen sie aus dem schier endlos wirkenden Gang in einen Nebentunnel ab, der am Fuße einer steilen, ausgetretenen Wendeltreppe aus Sandstein endete. Anna zählte, um sich abzulenken, die Stufen, aber Gregor stieg so hastig empor, daß sie sich bei ihren bescheidenen mathematischen Kenntnissen schnell verhaspelte und bereits bei fünfundzwanzig aufgab. Die Treppe wollte und wollte kein Ende nehmen; Annas Beine wurden schwer, und wieder einmal riß der Grobian sie von den Beinen, und erneut machte sie unliebsame Bekanntschaft mit dem steinernen Boden, indem sie sich an den Stufen ihre Knie aufschlug. Endlich waren sie oben angelangt, und sie schaffte es, wieder auf die Füße zu kommen. Sie befanden sich nun in einem langen, schmalen Kellergewölbe, von dem mehrere Türen abgingen. Durch eine dieser schweren, eisenbeschlagenen Eichentüren gelangten sie in einen großen, niedrigen Saal, dessen Decke von einem massiven Tonnengewölbe getragen wurde. Auch dieser Raum wurde fast ausschließlich von Fackeln erhellt. Entlang der Wände befanden sich etliche stählerne Käfige, welche größtenteils leer waren. In anderen hockten mißgebildete, meist unnatürlich große Tiere verschiedener Gattungen; nicht nur Insekten, wie Spinnen, Ameisen, Hornissen und ähnliche waren vertreten, sondern auch einige Säugetiere, wie z.B. ein Marder in Schäferhundgröße, Ratten, die selbst einem Puma das Fürchten gelehrt hätten, sowie ein Wesen, das aussah wie eine mißlungene Mischung zwischen Hyäne und Komodowaran. Der Gestank war dementsprechend unbeschreiblich.

Gregor öffnete einen Käfig an der gegenüberliegenden Seite, der immerhin eine Art Bett, sowie im Hintergrund ein toilettenähnliches Gebilde aufwies, außerdem mit Decken ausgestattet war, und schob Anna hinein. Dann knallte er die Käfigtür hinter ihr zu und verschloß diese.

"So, nun guck dir die lieben Tierchen genau an und überleg schon mal, an welches du dein Gehirn abtreten willst, ha, ha, ha!"

Abschließend ließ er noch den langen Schlüssel über ihre Gitterstäbe klappern, was die anderen Wesen in ihren Gefängnissen toben ließ, und verschwand grinsend durch die dicke Tür, die hinter ihm mit unheilverkündendem, dumpfen Hall ins Schloß fiel.

Anna zog sich in den hintersten Winkel ihres Käfigs zurück und barg ihren Kopf unter einer Decke, um nicht ständig diese mißgestalteten Alpträume von Tieren sehen zu müssen. Doch als sei dies noch nicht des Grauens genug gewesen, wurde nun die Tür aufgerissen und das erschreckendste, riesigste Insekt, welches Anna jemals erblickt hatte, kam durch den Eingang. Allein der monströse Stachel am Hinterleib verursachte bei ihr durch seinen bloßen Anblick Magenkrämpfe, dann löste sich ein Entsetzensschrei von ihren Lippen, als sie sah, daß das Tier einen Menschen hinter sich her schleifte. Mit unglaublicher Zielsicherheit steuerte die

Riesenwespe den Käfig neben Anna an und schob ihr Opfer hinein. Anna sah, daß es sich um ein Mädchen von etwa achtzehn Jahren handelte, das wohl eigentlich recht hübsch sein mochte, nun aber mit verzerrtem Gesicht dalag und haltlos zur Seite rollte, als das Untier seine Beißzangen löste. Zurück blieben zwei dunkle Quetschungen und eine leicht blutende Rißwunde am Bauch. Als die Fünfjährige ihren Blick hob, war das Wesen bereits wieder verschwunden. Anna rückte so dicht es ging an das Gitter heran und probierte, ob sie das Mädchen erreichen könnte. Sie kam mit den Fingerspitzen so gerade bis an dessen Fuß; er fühlte sich kalt an. Ob sie tot war? Anna sah genauer hin, entdeckte dann aber zu ihrer Beruhigung das gleichmäßige Heben und Senken ihres Busens. Nochmals stupste sie, jetzt etwas fester, gegen den Fuß, eine Reaktion blieb jedoch aus.

Enttäuscht wandte sie sich ab; es wäre schön gewesen, nicht mehr so allein zu sein, wieder mit jemandem reden zu können. Von Angst und Heimweh überwältigt, ließ sie ihren Tränen freien Lauf.

Verschwommen nahm sie wahr, daß die ekligen Ratten von gegenüber sie zu beobachten schienen. Sie wischte sich die Augen und sah genauer hin; tatsächlich, alle drei starrten ihr mit einem unangenehmen, nicht tierisch anmutenden Ausdruck in ihren schwarzen Knopfaugen, ins Gesicht. Verunsichert und beunruhigt drehte Anna sich um. Sie meinte die Blicke der Ratten im Rücken brennen zu fühlen. Ein leichtes Scharren über rauhen Stein neben ihr ließ sie aufschrecken, aber im selben Augenblick machte sich Erleichterung in ihr breit: Das Geräusch war von dem Mädchen in der Nachbarzelle verursacht worden, das soeben die Beine angezogen hatte. Nun drehte sie sich stöhnend auf den Rücken und preßte die Hände auf den Bauch.

"Hallo?" sagte Anna leise, und dann noch einmal etwas lauter, "hallo!"

Das Mädchen schlug die Augen auf und hob den Kopf, um ihn jedoch sogleich mit einem Klagelaut wieder sinken zu lassen.

"Au, ohh, mein Bauch!" sie krümmte sich vor Schmerzen, "was ist passiert, wo bin ich?" Dann erst richteten sich ihre Augen auf Anna und wurden etwas klarer.

"Oh Gott, wieso bin ich in einem Käfig, was ist denn hier bloß los?!" Erst jetzt wurde sie sich bewußt, daß sie nackt war, zog die Beine an und verschränkte die Arme vor der Brust und sah sich um. Mit einem Entsetzensschrei sprang sie auf und taumelte auf wackeligen Beinen zur Käfigrückwand, als sie der mutierten Wesen gewahr wurde.

"Oh nein, nein, was ist das für ein Alptraum, das kann doch nicht sein!" stammelte sie und blickte Anna hilfesuchend an. Aber Anna war der Panik ebenfalls zu nah, als daß sie wirksam Trost hätte spenden können.

"Das ist alles wirklich", sagte sie traurig, "wir sind Gefangene eines Zauberers. Mich hat er entführt, weil er sich an meinem Papa rächen will, glaube ich und er will Ex .., Expi, äh, Experimente machen mit mir, irgendwas ganz Schlimmes, wo ich hinterher tot bin und mein Gehirn kriegt eins von den Monstern, hat der Gehilfe gesagt und ... !" Anna konnte nicht mehr weitersprechen, weil sie das Weinen nicht mehr unterdrücken konnte. Das fremde Mädchen hatte ihren Ausführungen mit weit aufgerissenen Augen und wachsendem Entsetzen gelauscht.

"Nein, nein, das gibt es nicht, ich will nicht, ich will hier raus!" schrie sie und rüttelte an den Gitterstäben, dann sank sie mit hoffnungsloser Miene auf die Knie und schluchzte: "Warum ich, warum ausgerechnet ich?"

Anna drückte sich an die sie trennende Barriere und tastete nach der Hand ihrer Leidensgefährtin; diese blickte auf, und ergriff nun Annas Hand und drückte sie. Dann strich sie mit der anderen über Annas Kopf, "tut mir leid, daß ich so geschrien hab", erklärte sie und lächelte mühsam, "ich war nur so geschockt. ... Wie heißt du?"

"Anna, Anna Hesius."

"Ich heiße Corinna, aber alle sagen nur Conny zu mir."

"O.k. Conny", sagte Anna und schob eine ihrer Decken durch das Gitter, "du hast ja gar nichts, und dein Käfig ist auch völlig leer."

"Oh, das ist aber lieb von dir, Anna", erwiderte Corinna und wickelte sich dankbar in die Decke, "ich weiß nicht", fuhr sie fort, "jetzt, wo die Betäubung nachläßt, kriege ich immer stärkere Bauchschmerzen, woher kommt das bloß?"

"Hast du das denn gar nicht mitgekriegt?" staunte Anna, "diese Riesenwespe, die dich hier 'reingebracht hat, hat sich doch an deinem Bauch festgebissen und dich hinter sich hergezogen!"

Erschrocken öffnete Corinna vorn die Decke und betrachtete ihren Körper. Es sah wirklich alles andere als gut aus; da wo sich die Zangen festgeklammert hatten klafften, mittlerweile leicht überkrustete Wunden, umgeben von schwarzblau gefärbten Blutergüssen. Corinna japste nach Luft, und Anna mußte wegsehen, weil ihr übel wurde. Dem älteren Mädchen wurde ganz schwindelig, als sie daran dachte, was Beißwerkzeuge eines so großen Insekts, daß es sie ziehen konnte, hätten anrichten können; es hätte ihr die ganze Bauchdecke aufreißen können! Hoffentlich hatte sie durch das starke Quetschen keine inneren Verletzungen erlitten! Schnell schlug sie die Decke wieder darüber; sie zitterte am ganzen Leib. Anna schlang so gut es ging die Arme um sie, "das wird bestimmt bald wieder besser!" versuchte sie Corinna, aber nicht zuletzt auch sich selbst zu beruhigen.

Ein Luftzug fuhr durch die Halle, als sich die schwere Eingangstür öffnete, und ließ die Fackeln flackern. Gregor kam herein, in der Hand einen Beutel, den er nun öffnete und Brot und eine Flasche Wasser herauszog, um es Anna in die Zelle zu schieben. Dann veränderte sich sein mürrischer Gesichtsausdruck überrascht: "Oho, wir haben einen neuen 'Gast', sieh mal an", er richtete sich auf und machte sich an der Tür von Corinnas Käfig zu schaffen, "Ts, ts, ts, nicht mal abgeschlossen", murmelte er und trat hinein.

Ängstlich sah Corinna zu ihm auf.

"Nu' mal hoch mit dir!" bellte Urkalans Gehilfe und zerrte sie an den Haaren auf die Beine, dann riß er ihr die Wolldecke herunter.

"Na wenn das nichts für meines Vaters Sohn ist", grinste er und stierte sie mit lüsternen Blicken von oben bis unten an, um sie dann zu packen und mit seinen kräftigen Armen an sich zu drücken. Corinna wehrte sich verzweifelt, war aber gegen die brutale Kraft Gregors absolut machtlos. Jetzt preßte er auch noch seine schmierigen Lippen auf die ihren, und sie spürte seine rauhe Zunge, die versuchte, in ihren Mund einzudringen. Haßerfüllt biß sie zu. Mit einem Wutschrei riß er ihren Kopf zurück und gab ihr eine derart kräftige Ohrfeige, daß sie zu Boden ging und ihre Wange wie Feuer brannte.

"Na warte, du kleines Luder!" brüllte er sie an, "wir werden schon noch unsern Spaß haben, ich kann auch anders!" Mit diesen Worten zog er eine lange lederne Peitsche aus dem Gürtel und ließ sie auf die wehrlos am Boden Liegende herabsausen. Corinna schrie auf, als der erste blutige Striemen auf ihrem Rücken erschien, und auch Anna stimmte total verängstigt mit ein. Wieder holte Gregor aus, doch plötzlich wollte sein Arm ihm nicht mehr gehorchen und blieb einfach senkrecht in der Luft stehen; verwundert schielte er auf seine Faust.

"Nun Gregor, kann es sein, daß du mir etwas zu erklären hast?" drang die leise aber bedrohliche Stimme Urkalans an sein Ohr, "waren wir mal wieder ungehorsam?"

Gregor knickte in den Knien ein: "Oh, Meister, nein, das würde ich nie wagen, es ist nur, sie hat mich in die Zunge gebissen!" winselte der Gescholtene.

"Ja, ja, wie konnte denn das nur passieren!" Urkalan schüttelte den Kopf, "hat sie dich plötzlich angesprungen, deine Zunge herausgezogen und hineingebissen. Da kann ich natürlich eine solche Reaktion verstehen!"

Betreten schwieg Gregor.

"Ich schätze", fuhr Urkalan fort, "daran wirst du im wahrsten Sinne des Wortes noch schwer zu schlucken haben."

Er machte ein paar schnelle Handbewegungen und murmelte etwas. Entsetzen breitete sich auf Gregors Zügen aus, seine noch bewegliche Hand fuhr zum Hals, das Gesicht lief blau an, seine Lippen bewegten sich, aber kein Laut war zu hören; flehentlich sah er seinen Meister an, während er langsam zu Boden sank. Doch erst als er, der Bewußtlosigkeit nahe, zur Seite kippte, löste der Magier seinen Bann, so daß Gregor seine Zunge wieder unter Kontrolle und Luft in die Lunge bekam.

"Ich hoffe, das wird dir eine Lehre sein!" zischte Urkalan, "ich habe nicht prinzipiell etwas dagegen, wenn du dich mit unseren Gefangenen vergnügen willst, aber du hast vorher um Erlaubnis zu bitten, ist dir das jetzt ein für alle Mal klar?!"

"Ja, Meister, ja!!!" stöhnte der Gepeinigte.

"Nun, ist ja wieder gut, so schlimm war das doch auch nun wieder nicht", spottete Urkalan, "weißt du was, ich mache dir einen Vorschlag: Statt der Kleinen von Hesius nehmen wir uns zuerst die Neue für die bevorstehende Operation vor, und wenn sie, oder ein Teil von ihr, überlebt, kannst du mit ihr machen, wonach immer dich gelüstet."

Auf diese Worte hin breitete sich abartige Vorfreude über das Gesicht Gregors, "danke, Meister, danke!" keuchte er und leckte sich mit der verletzten Zunge über die Lippen. "Dann auf, Geselle, beginnen wir, vorbereitet ist ja schon alles!"

Gregor trat auf Corinna zu, die sich in die hinterste Ecke gedrückt hatte, und hob sie auf, als wöge sie nichts. Das Mädchen kreischte und strampelte, doch Gregor erstickte schnell jede Gegenwehr, indem er sie mit einem Arm so fest gegen sich drückte, daß ihr die Luft wegblieb, und mit der anderen Hand den Mund zuhielt, so daß außer einigen unterdrückten Lauten auch nichts mehr zu hören war.

Stumm und apathisch stand Anna am Gitter und starrte hinter den dreien her, die eine Tür am anderen Ende der Halle öffneten.

Dahinter sah man einen hellerleuchteten Raum mit allerlei Apparaturen und einem Operationstisch, auf den Gregor die sich windende Corinna legte, während Urkalan begann, ihr Arme und Beine festzuschnallen. Dann fiel die Tür zu und ließ Anna allein zurück.

21

"Es stinkt hier!" stellte Lila fest, als sie das verfallene Haus betraten.

"Stimmt, nach Ausscheidungen von irgendwelchen Tieren", bestätigte Sara, "wir müssen sehr vorsichtig sein, denn wir wissen ja nicht, was für Wesen er als Wachen benutzt, und manche haben äußerst sensible Sinnesorgane!"
Das Erdgeschoß des Hauses, in dem die Schlupfwespe mit ihrer Beute verschwunden war, erwies sich als leer und verlassen, der Tiergeruch kam aber auch nicht von hier, sondern aus einem Treppenschacht, der matt erleuchtet in unbekannte Tiefen führte. Er war weder bewacht, noch mit einer Tür versehen. Kein Laut war zu hören, außer dem Knistern der die Treppe beleuchtenden Fackeln. Langsam und leise flogen sie die Stufen, die für ihre Körpergröße zum Gehen natürlich nicht geeignet waren, hinab.
"Ich glaube, wenn wir etwas erreichen wollen, werden wir den Rubin finden müssen, sonst sehe ich kaum eine Möglichkeit, mit Anna, und eventuell dem anderen Mädchen, zu entkommen", erklärte Camilla, "womöglich finden wir ihn in dieser Ebene, denn hier gibt es elektrisches Licht; in der Pyramide jedenfalls hat ER Elektrizität nur in der Nähe seiner Apparaturen und des Rubins benutzt."
Ihr letzter Satz bezog sich auf das Untergeschoß, welches sie soeben erreicht hatten. Der lange, gewölbte Gang wurde neben Fackeln auch von einigen wenigen Glühlampen erhellt, die immer dort angebracht waren, wo eine Tür abzweigte. Gerade wollten sie eine der Türen untersuchen, als sie das Trappeln von harten Füßen oder Klauen auf Stein vernahmen. Sie blickten sich um; es gab hier kein Versteck!
"Wir schaffen es nicht mehr rechtzeitig zurück zur Treppe. Schnell dort hinter den Türrahmen!" befahl Killy.

Ängstlich preßten sie sich gegen das Holz der Tür. Jetzt konnten sie nur noch auf ihr Glück hoffen, denn gut verborgen waren sie wahrlich nicht! Da kam auch schon die Wespe, die das Mädchen hier hereingeschleppt hatte, den Gang entlanggerannt. Zu ihrer unendlichen Erleichterung nahm sie die vier kleinen Gestalten am Boden jedoch nicht wahr und war Sekunden später in dem Treppenaufgang verschwunden.

"Laßt uns erstmal da nachsehen, wo die Wespe herkam", schlug Sara vor, "es kann gut sein, daß wir dort die Entführten finden werden."

Als sie die Öffnung erreichten, aus der sie das Tier hatten kommen sehen, stellten sie fest, daß sie hier nochmals einer Treppenflucht nach unten folgen mußten. Dort angekommen, erblickten sie ein Kellergewölbe mit mehreren schweren Eichentüren. Die erste war geschlossen und besaß keinen Türgriff, sie konnte wohl nur mit einem Schlüssel geöffnet werden. Die nächste erschien ihnen als besonders massiv. Jetzt wurde es schwierig: wie sollten vier so winzige Wesen eine derart gewichtige Tür aufbekommen? Sie probierten es gemeinsam, aber erst der sechste Versuch, den Griff herunterzudrücken und gleichzeitig die Tür soweit zu bewegen, daß sie ersteinmal wenigstens angelehnt war, brachte Erfolg. Durch den Türspalt vernahmen sie nun leises Schluchzen, sowie Rascheln, Knurren und Fiepen; um hindurchzusehen, war die Ritze allerdings noch zu schmal. Sie stemmten sich nun mit aller Kraft, die ihnen verblieben war, zwischen Rahmen und Tür, bis sie diese so weit aufbekamen, daß sie hindurchschlüpfen konnten. Hinter ihnen fiel die Tür wieder ins Schloß. Erschrocken blickten sie sich an: gerade war ihr Rückweg abgeschnitten worden! Von dieser Seite aus würde es ihnen nicht gelingen die Tür wieder zu öffnen, da sie von hier ihre eher mangelhaften Kräfte nicht so recht einsetzen konnten. Sie sahen sich um. Vor ihnen reihten sich Käfige an beiden Seiten eines niedrigen Saales. Aus etlichen starrten ihnen verschiedenartige

Augen alptraumhafter Schöpfungen Urkalans entgegen. Einige der Wesen gaben unbeschreibliche Warn - oder Drohlaute von sich, wieder andere warfen sich angriffslustig gegen die Gitter ihrer Gefängnisse. Die vier Elfen wichen in die Mitte des Raumes zurück, möglichst weit von den Käfigen entfernt. Dann entdeckten sie die immer noch teilnahmslos mit leerem Blick dastehende Anna. Rasch flogen sie zu dem Käfig und schlüpften zwischen den Metallstäben hindurch.

"Anna?" sagte Lila und berührte sie sanft an der Schulter. Anna zuckte zusammen und schrak zurück, erkannte Lila aber dann und faßte sich. Freudiges Staunen breitete sich über ihr Gesicht.

"Lila, ich ... , oh, Camilla ist ja auch da!"

"Ja, und die anderen beiden sind Killy, Millas Mutter und meine Mama, Sara. Wir wollen dich hier rausholen."

"Anna sag, weißt du, wo die Käfigschlüssel sind?" fragte Killy.

"Ja, einen hat Urkalan, und einen anderen hat Gregor dort vorn an der Tür hingehängt."

Sie deutete auf eine Stelle an der Stirnwand, und richtig, dort hing ein langer Schlüssel mit kompliziertem Bart.

"Ich hol ihn", erbot sich Sara, und flugs war sie mit dem für sie sehr schweren Schlüssel zurück und schob ihn ins Schloß, bekam ihn aber nicht gedreht, da das Schloß äußerst schwergängig war. Anna half aber sofort aus; es machte ihr keine große Mühe, zwischen dem Gitter hindurchzufassen und das Schloß zu öffnen.

"So und jetzt schnellstens weg hier!" rief Killy ungeduldig.

"Nein, das geht nicht", widersprach Anna, "wir müssen ganz schnell Corinna helfen. Urkalan und Gregor wollen ihr, glaube ich, das Gehirn rausoperieren. Die sind in dem nächsten Raum, da hinten."

"Aber was sollen wir denn machen?" fragte Camilla, "gegen die können wir doch überhaupt nichts aus-richten!"

"Hm", grübelte Killy, dann schnippte sie mit den Fingern, "ich glaub, ich hab 'ne Idee; die werden sicher Licht brauchen für so eine Operation. Wir müssen also einen Schalter finden, um das Licht oder den ganzen Strom auszustellen."

"Am besten wäre der gesamte Strom", warf Camilla ein, "dann würden auch die Geräte mit dem Rubin ausgehen und wir hätten bessere Chancen, wegzukommen."

"Ich weiß was, ich weiß was!" rief Anna aufgeregt, "mir ist zu Hause mal ein Glas 'runtergefallen und der Saft ist über eine Steckdose gelaufen, da war der Strom alle und Papa war ganz wütend. Da hinten an der Wand ist eine Steckdose und ich hab hier auch was zu trinken!"

"Das ist wirklich ein guter Einfall!" lobte Killy, "und wir haben zum Glück zwei der Taschenlampen von Bernhard, so daß wir dann immer noch etwas sehen könnten."

Anna schnappte sich die Wasserflasche und lief los.

"Halt, halt, warte noch", stoppte Sara das Kind, "dann ist zwar vielleicht das Licht aus, aber Urkalan und Gregor sind damit ja noch nicht weg, und solange die da drinnen sind, können wir Corinna, das wird wohl diejenige sein, die die Wespe gebracht hat, nicht herausholen."

"Aber wir müssen uns beeilen", jammerte Anna, "sonst macht Gregor irgendwas Schlimmes mit Conny, hat er gesagt!"

"Nun dann, ach was soll's, wir probieren es einfach und müssen hoffen, daß die beiden vielleicht den Raum verlassen, wenn der Strom weg ist. Aber wir brauchen auf jeden Fall ein Versteck, das auch groß genug für Anna ist, damit sie uns nicht sehen, wenn sie hier durchkommen."

"Und was ist mit Annas Käfig? Die werden doch sofort sehen, daß sie weg ist, denn hier gibt es ja noch Fackellicht."

"Anna kann doch ihre Decken so hinlegen und zurechtstopfen, daß es so aussieht, als läge sie noch darunter, das habe ich auch schon mit Erfolg ausprobiert", schlug Camilla vor und wurde rot, als sie bemerkte, daß Killy ihr einen scharfen Blick zuwarf. Anna machte jetzt eilig ihr Bett auf die vorgeschlagene Weise zurecht, verschloß dann die Käfigtür und hängte den Schlüssel zurück an die Wand, damit niemand Verdacht schöpfte. Als Versteck hatten sie eine große Futterkiste erkoren, die nahe der Tür zum Operationsraum stand, und zu allem Überfluß sogar über Lüftungsöffnungen verfügte, durch welche sie würden beobachten können. Es war soweit: Anna lief zu der Steckdose und leerte die Flasche darüber aus; zuerst passierte gar nichts, dann knisterte es, und ein leichtes Puffen ertönte, mit dem gleichzeitig alle elektrischen Lampen verloschen. Hastig lief Anna im Schein der beiden verbliebenen Fackeln und geleitet vom Strahl der Taschenlampen zu ihrem Versteck, schlüpfte hinein und ließ den Deckel hinter sich zufallen. Hinter der Tür hob ein mächtiges Fluchen an, dann wurde sie aufgerissen, und mit wutverzerrter Miene stürzte Urkalan hinaus, gefolgt von Gregor, der, sich sein Knie haltend, hinterherhumpelte. "Dieser Generator raubt mir noch den letzten Nerv!" wütete Urkalan, "hoffentlich ist er nicht schon wieder defekt; oder hast du mal wieder vergessen, Diesel nachzufüllen?!" "Ganz bestimmt nicht, Meister, ich hab den Tank erst heut morgen aufgefüllt!" Mit diesen Worten verschwanden sie durch die Vordertür. Sofort öffnete Anna die Kiste, stieg hinaus, und lief, die Elfen neben sich, zu dem Raum nebenan. Hier war alles stockdunkel, ohne Taschenlampen hätten sie ernsthafte Schwierigkeiten gehabt, sich zu orientieren. Corinna lag, noch immer bei Bewußtsein, auf dem Operationstisch, wand sich in ihren Fesseln und gab unverständliche Töne von sich. Waren sie zu spät gekommen? Nein, es war nur ein Knebel, der sie am Sprechen hinderte. Anna löste eilig die Verschlüsse der Lederriemen, mit denen Corinna auf den Tisch geschnallt war, während Sara und Killy gemeinsam den Knebel entfernten. Lila und Camilla hielten die Taschenlampen. Als Corinna bemerkte, wer ihr da außer Anna noch zu Hilfe kam, weiteten sich ungläubig ihre Augen. Sie setzte sich auf und rieb Hand- und Fußgelenke, gleichzeitig die Elfen anstarrend.

"Danke erstmal", bekam sie heraus, als sie ihre Sprache wiederfand, dann umarmte sie Anna, immer noch sehr blaß um die Nase.

"Das war knapp, die wollten mir gerade die Haare vom Kopf entfernen", sagte sie mit Blick auf ein Rasiermesser, daß am Kopfende des Tisches lag, "und mir ohne Betäubung den Schädel öffnen!" Sie schüttelte sich, dann sprang sie plötzlich auf und lief zur Wand, um sich dort zu übergeben.

"Bitte, wie war noch dein Name, ach ja, Corinna, wir müssen hier schnell raus, ehe Gregor und Urkalan zurück sind!"

Corinna nickte mit bleichem Gesicht und aufeinander-gepreßten Lippen und wollte den anderen gerade zur Tür folgen, als plötzlich das Licht wieder aufflammte. Ihr setzte das Herz für einen Schlag aus, doch das Licht blieb nur für den Bruchteil einer Sekunde an, flackerte dann und erlosch wieder. Das wiederholte sich insgesamt drei, vier Mal, dann blieb es dunkel. Sie hatten gerade den Käfigraum zur Hälfte durchquert, als sie meinten, Stimmen zu hören.

"Zurück!" rief Killy, "in die Kiste, wir müßten eigentlich alle hineinpassen!"

Es gab ein kleines Tohuwabohu, ehe sie sich alle hineingedrängelt hatten, und der Deckel war noch nicht ganz geschlossen, als sich auch schon die Vordertür öffnete.

".... -tuell ein Kurzschluß sein", war Urkalans Stimme zu erkennen. "Du kontrollierst den Op. und den Käfigraum, ich untersuche den Kontrollraum. Und halt dich von den Käfigen fern, solange wir keinen Strom haben, habe ich auch praktisch keine Kontrolle über die Versuchstiere!"

Sie hörten seine Schritte schnell verhallen, dann stampfte Gregor, eine Fackel in der Hand, durch den Raum. Er warf einen kurzen Blick in Annas Zelle, schien aber keinen Verdacht zu schöpfen.

"Ha, neben der Kontrolle hab ich jetzt Zeit für ein paar Spielchen mit der leckeren Puppe, der Meister wird's schon nicht merken", hörten sie ihn vor sich hinbrummen. Zitternd hockten die sechs in der Truhe, in Erwartung der möglichen Katastrophe. Dann erbebte der Raum von Gregors urtierhaftem Schrei. Lautes Poltern verriet, daß er den Raum auf der Suche nach der jungen Frau wüst auf den Kopf stellte. Erneut ließ er einen brüllenden Wut- und Enttäuschungsschrei los. In diesem Moment öffnete sich auch die andere Tür wieder, gerade als Gregor in den Käfigraum zurückstürmte.

"Sie ist weg, Meister, einfach weg, aber ich habe nichts ..!"

Er verstummte und blickte mit aufgerissenen Augen zur Tür, langsam, Fuß um Fuß zurückweichend, mit zitternden Fingern die Peitsche aus dem Gürtel nestelnd. Nun sahen auch die Verborgenen, was der Grund für sein Verhalten war: Die Schlupfwespe war zurückgekehrt und schob sich nun mit drohend gespreizten Flügeln und aufgerichtetem Hinterleib auf Gregor zu.

"Zurück, hau ab, zurück, los, gehorche!" rief er und ließ die Peitsche knallen, aber das Untier dachte gar nicht daran, es kroch weiter mit ruckartigen Bewegungen auf ihn zu. Gehetzt blickte er sich um, aber der Weg zur Operationssaaltür war zu weit, als daß er eine reelle Chance gehabt hätte. Verzweifelt warf er die Fackel nach dem Tier. Dieses zuckte jedoch nur kurz zurück, um dann mit einem markdurchdringenden Zischen auf ihn loszustürzen. Gregor versuchte noch auszuweichen, wurde aber zu Boden gerissen. Ehe er sich wieder aufrappeln konnte, packte ihn das Insekt mit seinen Kiefern am Genick. Gregor schrie wie am Spieß und trat wild um sich. Nun bog die Wespe ihren Hinterleib unter dem Vorderkörper hindurch nach vorn. Der Stachel glitzerte unheilverkündend. Anna spürte, wie Corinna neben ihr verkrampfte. Ihre Haut fühlte sich schweißnaß an. Noch einmal nahm Gregor all seine nicht unbeträchtliche Kraft zusammen und warf sich herum; dabei fielen er und das Insekt auf die Seite, jedoch lockerte es seinen Biß nicht. Dann versenkte es seinen Stachel in Gregors Leib. Wieder schrie er auf und wehrte sich, aber seine Bewegungen wurden fahriger, seine Augen glasig, dann sackte er in sich zusammen, noch ein paar Zuckungen, und er lag still. Die Wespe zog den Stachel aus ihrem Opfer und richtete sich auf, dann schlossen sich ihre Beißwerkzeuge plötzlich mit einem widerlichen Knirschen über Gregors Halswirbeln, ein letztes Zittern überlief den Körper des tödlich Verwundeten, dann war es vorbei. Unschlüssig mit den Fühlern tastend, verharrte das Insekt einen Augenblick, dann wandte es sich um und verschwand in den Gang.

Gleichermaßen entsetzt, wie aber auch erleichtert, verließen sie nun die Kiste, die ihnen so trefflich gedient hatte. Schaudernd warfen sie einen letzten Blick auf den Getöteten: so sehr, wie er ein hassenswertes Geschöpf gewesen war, so schrecklich war auch sein Tod gewesen.

Bevor sie auf den Flur hinaustraten, griff sich Corinna noch schnell eine der Wolldecken, die sie mit Hilfe der Peitschenschnur, die sie ebenfalls aufgesammelt hatte, zu einer Art einfachem Kleid zusammenband. Das elektrische Licht war noch immer nicht wieder an und von Urkalan nichts zu sehen. Corinna und Anna rannten den voranfliegenden Elfen hinterher und eilten dann die Treppen empor.

Soeben wollten sie die Treppe vom letzten Unter-geschoß nach oben nehmen, da stoppte Corinna plötzlich und zog hörbar die Luft durch die Nase ein. "Moment mal", rief sie und hastete ein Stück den Weg zurück, den sie gekommen waren. "Anna, bring mal schnell eine Fackel mit!"

"Wieso, wir haben doch Taschenlampen", nörgelte diese, ängstlich nach Urkalan Ausschau haltend.

"Nun mach schon!" ungeduldig stampfte Corinna mit dem Fuß auf. Jetzt waren sie alle vor dem düsteren Raum versammelt, die junge Frau entdeckt hatte. Der Raum wurde zum Gang hin von einer Mauer begrenzt,

welche annähernd die Höhe Corinnas hatte, dahinter erstreckte sich ein riesiges mit Öl gefülltes Becken. "Heizöl", sagte Conny und beroch ihren Finger. "Anna, gib mir mal die Fackel und geh schon mal zur Treppe. Ihr anderen könnt eigentlich auch ruhig schon los", ihre steinerne Miene verhieß nichts Gutes, "ist Anna bei der Treppe?" "Ja, ist sie", bestätigte Lila und blickte Corinna erwartungsvoll an. Diese bückte sich nun, und öffnete den Ablauf des Beckens. In einem großen Schwall schoß das Öl hervor, breitete sich in dem Gang aus und strömte die Treppe hinunter. Die vier Elfen und Corinna wichen dem vordringenden Öl aus und hasteten die ersten Stufen der nach oben führenden Treppe hinauf, wo Anna schon ungeduldig von einem Fuß auf den anderen trat. Dann warf Corinna die Fackel nach unten in die dunkle Flüssigkeit. Innerhalb weniger Sekunden war der Gang unter ihnen eine lodernde Flammenhölle. Hustend quälten sie sich die Treppe empor, weg von der wabernden Hitze. Endlich waren sie oben; sie stolperten durch die leere Türöffnung und ließen sich zu Boden fallen. Von unten war nun dumpf Gebrüll zu vernehmen, gefolgt von einem derart furchtbaren Schrei, daß ihnen das Blut in den Adern gefror. Dann, von einem Moment auf den anderen, schien sich der Boden unter ihnen zu heben, ein tiefes, dröhnendes Donnern betäubte ihre Ohren, ein weiteres Stockwerk des Turmes und das Gebäude, das sie gerade verlassen hatten, stürzten zusammen wie Kartenhäuser, dann trat eine bleierne Stille ein, in der sich der emporge- wirbelte Staub wie eine schmutzige Decke über sie breitete. Wie durch ein Wunder war keine von ihnen durch die herabstürzenden Trümmerteile getroffen worden.
"Oh Gott, damit hatte ich nun wirklich nicht gerechnet!" murmelte Corinna geschockt, "es tut mir leid!"
"Vielleicht ist es ganz gut so", meinte Killy, "es ist ja keinem von uns etwas passiert, und so sind wir Urkalan ein für alle Mal los!"

Langsam rafften sie sich auf und klopften sich gegenseitig den Staub ab, jeder für sich versuchend, mit den Erlebnissen fertig zu werden. Danach begaben sie sich, obwohl noch tiefste Nacht war, auf den beschwerlichen Rückweg, denn niemand von ihnen hatte das Bedürfnis, auch nur eine Minute länger als nötig an diesem grauenvollen Ort zu verweilen.

22

Enttäuscht über die lange, ebenso aufwendige, wie erfolglose Suche in den Labyrinthhöhlen, kehrte die Gruppe um Histran ins Elfendorf zurück. Dort wurden sie bereits voller Ungeduld erwartet; sie hatten kaum die ersten Häuser erreicht, als auch schon Bregards Mutter auf sie zustürzte. "Habt ihr's schon gehört", rief sie ihnen aufgeregt entgegen, "Lila und Camilla sind losgezogen, um Anna zu befreien!"

"Oh, nein, nicht schon wieder", stöhnte Histran, "aber erstmal einen guten Tag, Marga!" setzte er laut hinzu.

Nun kam auch Bregard eilig herbei; war 'seine' Camilla erneut in Gefahr geraten?

"Was ist denn passiert, wo sind sie hin, haben sie irgendetwas gesagt, Mutter?!"

"Genau das interessiert auch mich, Marga, bitte berichte uns, was die beiden ungezogenen Mädchen veranlaßt hat, wieder einmal sämtliche Anordnungen von Killy und mir zu mißachten!"

Marga blickte einen kurzen Moment wegen der versteckten Zurechtweisung Histrans etwas pikiert drein, dann aber gewann ihr Mitteilungsbedürfnis die Überhand.

"Tut mir leid, ja, auch euch einen guten Tag, Histran! Nun, Sara, also Lilas Mutter, kam und berichtete Killy und den Kindern über ihre Wohnortsuche, dabei kam heraus, daß sie in der Nähe des Kartals eine der Riesenameisen entdeckt hatten. Daraus haben die Mädchen geschlossen, daß sich Urkalan vermutlich in der Ruinenstadt niedergelassen hat, und da sind sie, das heißt, Lila, Camilla, Killy und Sara sofort losgeflogen, um die Tochter des Wissenschaftlers zu suchen. Vorher hat Killy uns noch Bescheid gesagt und gebeten, wenn es möglich sei, noch Hilfe nachzusenden. Daraufhin ist Dungan, der ja schon einmal dort war, zu Bernhard geflogen um ihn zu informieren, sowie zu fragen, ob er nicht ebenfalls mit zu Hilfe kommen will."

"Ich schätze, es dürfte außer Zweifel stehen, daß er mitkommen wird", vermutete Histran, "wann können wir denn mit ihm rechnen, beziehungsweise, wann ist Dungan losgeflogen?"

"Oh, das war schon vorvorgestern."

"Das bedeutet, daß sie jetzt jederzeit eintreffen können. Hoffentlich bringt Bernhard nicht auch noch welche von den Polizisten mit, sonst könnte es sein, daß es hier mit unserer Unentdecktheit vorbei ist! Ich schlage vor, daß wir etwas essen und uns ausruhen, bis Dungan allein oder mit Bernhard zurück ist."

Dies ging Bregard ziemlich gegen den Strich: Camilla womöglich in größter Gefahr, und hier hatte man nichts Besseres vor, als dazusitzen und abzuwarten! Aber was sollte er machen? Allein hinter seiner Angebeteten herfliegen? Das wäre in diesem Fall wohl kaum von Erfolg gekrönt. Also fügte er sich in das Unvermeidliche und begab sich nach Hause, wo er versuchte, ein wenig auszuruhen. Jedoch war er innerlich so aufgewühlt, daß ihm dies partout nicht gelingen wollte. Schließlich schickten seine Eltern ihn gar hinaus, weil er einfach zuviel Hektik und Unruhe verbreitete. Darum streifte er nun ungeduldig um das Dorf, immer wieder in die Richtung blickend, aus welcher Dungan und Bernhard zu erwarten waren. So war er denn auch der erste, der ihre Ankunft bemerkte. Kaum hatte er die beiden in der Ferne identifiziert, als er auch schon ins Dorf raste, um die übrige Mannschaft auf die Beine zu bringen, auf daß ja nicht unnötige Minuten wertvoller Zeit verschwendet würden. Demzufolge bereitete nun quasi das gesamte Elfendorf Bernhard den Empfang. Was Bregard nicht bemerkt hatte, war, daß Dungan nicht nur Bernhard mitgebracht hatte, sondern auch Martha, die es sich nicht hatte nehmen lassen wollen, bei der Befreiung ihres einzigen Kindes mitzuhelfen, so gut sie konnte.

"Was hätte ich denn auch sonst machen sollen, zu Hause in banger Erwartung sitzen und warten, wann und ob einer von euch heimkehren wird, und nebenbei die ständigen Mitleidsbekundungen der Nachbarn ertragen müssen?" hatte sie gesagt.

Bernhard, durch Urkalans Tat voller Wut und Angst, hatte sich gar unter der Hand eine Pistole besorgt, um ihrem Feind und seinem Gehilfen nicht allzu unterlegen gegenübertreten zu müssen. Von der Angst um ihre Lieben getrieben, machten sie nun auch keine Pause mehr, und es wurde sofort in Richtung der Ruinenstadt aufgebrochen. Dennoch ging der Marsch für Bregard in quälender Langsamkeit voran, da Bernhard und Martha als Fußgänger in diesem recht unwegsamen Gelände natürlich nicht die Geschwindigkeit erreichten, welche Elfen im Flug möglich gewesen wäre. Trotzdem kamen sie gut voran, denn Annas Eltern legten aus Sorge um ihr Kind ihr größtmögliches Tempo vor. Allerdings waren sie den Bergen, in denen die alte Stadt lag, noch nicht gerade beeindruckend nähergekommen, als die Dunkelheit hereinbrach. Da Martha jedoch versicherte, noch nicht müde zu sein und auch die anderen ob der Dringlichkeit ihres Auftrages zustimmten, setzten sie ihren Weg im Schein von Taschenlampen fort, bis der aufgehende Vollmond diese überflüssig machte.

23

Erst als sie den Einschnitt erreicht hatten, der hinab ins Kartal führte, beschlossen Killy und Sara, daß es an der Zeit sei, eine Pause einzulegen. In dieser Dunkelheit wäre es Anna und Corinna so oder so nicht gelungen, die schwierigen Felsabstürze kletternd zu bewältigen. Sie machten es sich im Windschatten einiger Felsblöcke so gut es ging bequem und blickten zurück zu den in der Ferne liegenden Ruinen. Diese waren mittlerweile in eine Qualmwolke gehüllt, die von mattem Glühen erhellt wurde, welches vermutlich von dem Brand herrührte, den Corinna entfacht hatte.

"Du wirkst so ruhig Conny, als machte dir das alles irgendwie gar nichts mehr aus", wandte sich nun Camilla an das still dasitzende Mädchen.

"Ach weißt du", erklärte Corinna, "seit ihr Elfen aufgetaucht seid, weiß ich ja nun mit Sicherheit, daß ich nur träume, auch wenn ich zuvor niemals so real wirkende Träume gehabt habe."

Die Elfen blickten sich verblüfft an, während Anna protestierte: "He, das ist kein Traum, Conny, ich weiß das ganz genau. Du kannst das doch auch rauskriegen, du mußt dich nur kneifen; wenn das wehtut, hat mein Papa gesagt, träumt man nicht!"

"Daß man in Träumen keine Schmerzen spüren soll, habe ich auch schon einmal gehört", sagte Corinna nachdenklich, "und ich muß mich gar nicht erst kneifen, um Schmerz zu spüren, mein Bauch tut ohnehin weh genug."

Trotzdem sah sie noch zweifelnd drein und betrachtete die vier Elfen mit neu erwachter Ungläubigkeit.

"Wie bist du eigentlich in die Fänge dieser Wespe geraten?" wollte Sara wissen.

"Ich weiß es selbst nicht, wie sich das genau abgespielt hat; ich war mit einer Gruppe von Freunden, zwei Jungen und drei Mädchen aus meiner Klasse, in die Berge gewandert, um zu campen. Abends hatten wir unsere Zelte aufgebaut und uns spät schlafen gelegt. Ich teilte mein Zelt mit meiner Freundin Susi. Ich erinnere mich noch, daß sie hinausging. Sie wollte, glaube ich, noch zu Matthias ins Zelt, die beiden hatten sich auf dem Hinweg verliebt. Na ja, dann spürte ich irgendwann diesen stechenden Schmerz", sie fuhr mit der Hand über ihren Po, "aber bevor ich so richtig wach werden konnte, muß ich wohl schon das Bewußtsein verloren haben, denn ab da erinnere ich mich an nichts mehr, bis ich in diesem Käfig aufgewacht bin. Auch die Wespe hatte ich gar nicht gesehen und kann auch nicht sagen, wo mein Schlafanzug geblieben ist: Ob dieses Tier ihn mir heruntergerissen hat oder wer sonst ihn mir ausgezogen haben könnte."

Nun erzählte auch Anna und danach die Elfen ihre Geschichten, denen Corinna staunend und immer wieder den Kopf schüttelnd zuhörte.

"Bitte, seid mir nicht böse, wenn ich immer noch nicht so recht glauben kann, daß das alles Wirklichkeit ist", bat sie, "ich denke, ich brauche noch ein bißchen Zeit, um das alles zu verdauen."

"Das kann ich durchaus verstehen", meinte Killy, "wenn ich so plötzlich mit etwas konfrontiert werden würde, von dem ich glaubte, das gebe es nur im Märchen, ginge es mir mit Sicherheit ähnlich."

"Ich sehe und fühle das ja auch alles und akzeptiere es jetzt auch", ergänzte Conny, "ich muß mich nur erst daran gewöhnen."

"Hoffentlich sind diese entsetzlichen Viecher da unten auch gleich alle mit verbrannt, ich habe keine Lust, einem von ihnen irgendwo noch einmal zu begegnen!" sagte Sara mit Blick auf den Feuerschein im Hintergrund. Corinna nickte zustimmend und hielt sich ihren Bauch. Lila sah noch einmal innerlich die merkwürdigen Augen der Ratten auf sich gerichtet, und es lief ihr kalt über den Rücken; nie wieder wollte sie es mit derartigen Lebewesen zu tun haben!

Als es allmählich zu dämmern begann, machten sie sich auf, diesen doch recht ungemütlichen Ort zu verlassen. Der folgende Abstieg über die Kaskaden erwies sich als derart schwierig, daß sie diesen Abschnitt, für den sie auf dem Hinweg eine Stunde gebraucht hatten, erst in den späten Mittagsstunden bewältigt hatten. Besonders die kleine Anna hatte Probleme, sich mit ihren noch nicht so kräftigen Armen und Händen dort zu halten, wo es nur wenige und sehr schmale Griff- und Trittmöglichkeiten gab. Dazu kam, daß sie auch noch unter entsetzlicher Höhenangst litt, so daß nur die Überredungskunst aller übrigen, sowie die massive Hilfe Corinnas sie dieses Hindernis bewältigen ließ.

Als sie endlich die Sohle des Kartals erreicht hatten, war Corinna mit ihren Kräften am Ende; sie war schweißgebadet und stöhnte vor Schmerzen. Besorgt hieß Killy sie sich am Ufer des flaschengrünen Biberteiches hinlegen und schlug das provisorische Deckenkleid zurück, um die Bauchverletzungen erneut zu untersuchen. Die Krusten waren durch die Anstrengung wieder aufgebrochen, und es zeigten sich erste Anzeichen einer Entzündung; die Wundumgebung war hochrot, und die Bauchdecke fühlte sich unnatürlich heiß an. Killy blickte Sara besorgt an, diese schüttelte den Kopf; das sah wirklich nicht gut aus. Corinna würde den Weg, zumindest vorläufig, nicht fortsetzen können.

Während Killy vorsichtig die Wunde auswusch, sammelten Sara und Camilla Wegerich und Weidenrinde. Das erstere gegen die äußere Entzündung, die Rinde gegen das Fieber. Aus der Rinde mußten sie einen Tee bereiten, doch wie, das war die Frage. Ein Feuer hatten sie schnell anbekommen, aber sie hatten kein Gefäß, in dem sie das Wasser erhitzen konnten. Lila flog umher, auf der Suche nach etwas Geeignetem; einen hohlen Stein müßte man finden, aber hier waren nur Wiesen, Bäume und Büsche. Vielleicht im Teich; sie flog dicht über die Wasseroberfläche dahin, alle Steine, die sie durch das klare grüne Wasser am Grund erblickte, genau inspizierend.

"He, Anna, kommst du mal? Ich hab einen hohlen Stein entdeckt", rief sie, "du mußt mir helfen, weil ich ihn nicht hochholen kann!"

Anna lief sofort zum Ufer, zog sich Schuhe, Socken und die Jogginghose aus und watete ins Wasser. Beinahe hatte sie Lila erreicht, da schoß urplötzlich ein fast

halbmeterlanger dunkler Fisch hinter Lila aus dem Wasser und bekam im Zuschnappen einen ihrer Flügel zu packen. Dann fiel er, das Elfenkind mitziehend, zurück ins Wasser. Lila hatte nur einen kurzen Schrei ausstoßen können, dann schluckte sie schon Wasser. Am Ufer schreckten die anderen hoch, doch da war von Lila und dem Fisch für sie schon nichts mehr zu sehen. Anna warf sich nach vorn und bekam noch gerade den Schwanz des Fisches zu fassen, krallte ihre Finger hinein und zog ihn aus dem Wasser. Das Tier wand sich hin und her und schnappte mit dem Maul; dabei ließ er Lila los, die ins Wasser plumpste, wo sie hustend und prustend hastige Schwimmzüge machte, um das Ufer zu erreichen. Anna warf den Fisch fort, so weit es ging, dann hob sie Lila vorsichtig aus den Fluten und brachte sie ans Ufer. Dort saß sie erstmal als ein tropfnasses schlappes Bündel und ließ sich von ihrer Mutter, Killy und Camilla trösten. Sara flog zuvor aber noch zu Anna und gab ihr einen Kuß auf ihre Nase.
"Das war aber mutig und schnell gehandelt, Anna, vielen, vielen Dank, ohne dich würde meine Lila nicht mehr leben!"
Anna bekam vor Stolz ganz rote Ohren, dann stapfte sie nochmals in den Teich und holte den Stein, den Lila entdeckt hatte, an Land.
Lila hatte Glück gehabt und sie würde den Flügel, der nur leichte Verletzungen an der Spitze aufwies, weiter benutzen können. Sie hatte sich schnell erholt und bedankte sich nun ebenfalls bei Anna.
In kurzer Zeit hatten die beiden Mütter die Weidenrinde abgekocht und flößten Corinna den heißen Sud Schlückchen für Schlückchen ein. Camilla hatte gleichzeitig den geriebenen Wegerich auf die Wunde aufgebracht, so daß nun alles getan war, was ihnen in der derzeitigen Situation möglich war. Jetzt hieß es abwarten und hoffen. Killy war gar nicht wohl zumute: Weil Corinna über derart starke Schmerzen geklagt hatte, befürchtete sie, daß die Verletzungen doch nicht nur äußerlich waren, aber es gab nichts, was sie noch hätten tun können.

Anna hatte sich ganz dicht ans Feuer gesetzt um nicht kalt zu werden, denn ihr T-Shirt, das ja ohnehin naß geworden war, benutzten Sara und Killy nun dazu, abwechselnd Corinnas Waden damit zu kühlen. Auch Sara hatte ihr Kleid ausgezogen, das Camilla nun dazu verwandte, der Fiebernden die Schweißperlen von der Stirn zu wischen. Anna guckte vom Feuer her auf das wächserne Gesicht Corinnas. "Wird Conny sterben?" fragte sie mit belegter Stimme und sah Killy ängstlich an.

"Nein, nein, natürlich nicht, Anna, mach dir keine Sorgen", aber in die Augen sehen mochte sie Anna bei diesen Worten nicht, sie wußte es besser: Wenn das junge Mädchen keine ärztliche Hilfe erhielt, und die war nun einmal nicht zu erwarten, würde sie wohl kaum noch zwei Tage zu leben haben! Außer Anna und zeitweilig Corinna, die ab und an in unruhige Fieberträume fiel, gelang es niemandem von ihnen, auch nur ein Auge zuzumachen. Als am nächsten Morgen die Sonne aufging, war das Fieber noch um keinen Deut zurückgegangen, und Corinna phantasierte. Später am Vormittag wurden ihre Augen zwischenzeitlich etwas klarer.

"Killy", flüsterte sie, "ich danke euch, daß ihr versucht habt, mir zu helfen, aber ich, ... , ich wollte es mir einfach nicht eingestehen, ... aber irgendwie fühle ich, daß ich sterben werde."

Eine Träne rann aus ihrem Augenwinkel, "schade, daß ich euch alle nicht unter anderen Umständen kennengelernt habe."

Killys Hals fühlte sich an wie zugeschnürt, sie brachte kein Wort heraus, sanft strich sie Conny über die glühende Stirn, während Lila ihren Kopf an den Corinnas legte und hemmungslos weinte. Auch Anna schluchzte vor sich hin, wohingegen Sara und Camilla nur stumm dasitzen konnten.

"Was ist denn hier los?" wurden sie plötzlich von einer männlichen Stimme aus ihrer Trauer gerissen.

"Histran!" schrie Killy.

"Und die ganze Gruppe, auch Bernhard und Martha kommen gleich, ich bin nur ein Stück vorgeflogen", bestätigte er.

Da hatte auch Anna schon ihre Eltern erblickt, sprang auf, rannte hin und warf sich in ihre Arme. Ihre Mutter weinte vor Glück und Freude, und auch Bernhards Augen glänzten feucht. Indessen näherte sich nun auch Bregard.

"Hallo Milla, ich ... "

Dann aber, als er in ihre Gesichter sah, verkniff er sich jedes weitere Wort, dies war nicht der rechte Zeitpunkt! Nun wurden auch Bernhard und Martha wieder ernst und traten auf die am Boden liegende Gestalt zu. Martha kniete sofort nieder und befühlte Corinnas Stirn, dann den Puls. Besorgt blickte sie auf: "Was ist mit ihr passiert, das sieht nicht gut aus!"

Schnell und so kurz wie möglich erklärte Killy das Nötigste. Martha entfernte Corinnas Behelfskleid und untersuchte die Wunde.

"Bernhard, gib mir bitte mal die Medikamententüte aus dem Rucksack."

Annas Vater gab ihr das Gewünschte, dann zog er seinen Pullover aus, um ihn Corinna unter den Kopf zu schieben. Martha öffnete eine der Schachteln und nahm zwei Tabletten heraus.

"Meinst du, du kannst schlucken?" fragte sie.

Corinna antwortete mit einem kaum wahrnehmbaren Nicken; daraufhin legte ihr Martha die Tabletten auf die Zunge und gab ihr zu trinken. Nach mehreren vergeblichen, würgenden Schlucken hatte Corinna die Kapseln dann endlich unten. Martha nahm sie mitleidig in die Arme und streichelte ihren Kopf.

"Das wird wieder", tröstete sie, "ich habe dir erstmal ein starkes Antibiotikum gegeben, das auch das Fieber drücken wird. Sobald es soweit ist, machen wir uns auf den Rückweg und bringen dich in ein Krankenhaus."

Zwei Stunden später war das Fieber so weit gesunken, daß sie meinten, es riskieren zu können. Es wurde ein harter und beschwerlicher Rückweg. Sie hatten eine Trage für Corinna gebaut, aber da Bernhard und Martha die einzigen waren, die sie tragen konnten, mußten sie sehr viele Pausen einlegen, und es dauerte drei volle Tage, bis sie das Elfendorf erreicht hatten.

Corinna, die noch mehrmals eine Dosis des Medikamentes erhalten hatte, ging es schon deutlich besser, so daß sie sich zwischendurch sogar erboten hatte, wieder selber zu gehen. Das hatten Martha und Bernhard aber selbstverständlich nicht zugelassen. Auch Bregard war recht zufrieden, hatte ihm doch Camilla von sich aus, ohne daß er hatte fragen müssen, ihre Abenteuer erzählt. Selbst Lila hatte miterzählt und war nicht so unfreundlich und abweisend gewesen wie sonst schon so oft.

Im Dorf wurden sie freudigst begrüßt, und sie beschlossen, aus Dank über das glückliche Ende und den Untergang Urkalans ein großes Fest zu feiern. Auch die ganze Hesiusfamilie wollte teilnehmen. Doch vorher, während hier die Feier vorbereitet wurde, wollten Lila, Camilla, Sara und Killy Bernhard und Martha mit Anna nach Hause begleiten, denn die mußten, bevor sie feiern konnten, ja noch Corinna ins Krankenhaus bringen und ihre Eltern informieren, wobei sie sich mit Corinna geeinigt hatten, daß sie von den Elfen nichts erwähnen wollten, um diese nicht in Gefahr zu bringen.

Nach zwei weiteren Tagen hatten sie, ohne weitere Komplikationen, das Haus der Hesius' erreicht.

Bernhard rief nun die Ambulanz und danach Corinna ihre Eltern an. Zuerst hatte das auch Bernhard machen wollen, aber Martha hatte davon abgeraten.

"Stell dir vor", hatte sie gesagt, "deine Tochter ist seit Tagen verschollen, und dann ruft dich eine völlig fremde Stimme an, 'es geht um ihre Tochter ...' , du würdest doch vor Schreck einen Herzinfarkt kriegen, nein, es ist schon besser, sie hören sofort ihre eigene Stimme."

"Werde ich euch denn wiedersehen?" fragte Corinna sehnsüchtig, als draußen der Krankenwagen vorfuhr.

"Aber natürlich", sagte Bernhard, "erstmal werden Anna und wir dich natürlich auch im Krankenhaus besuchen, und dann kannst du ja auch öfter zu uns kommen, und wir gehen dann zu den Elfen, oder sie kommen zu uns, sofern ihnen das recht ist."

"Selbstverständlich, wir wollen dich doch auch wiedersehen", versicherten die vier Elfen, "du bist uns jederzeit genauso willkommen, wie auch Anna, Martha und Bernhard!"

Corinna lächelte glücklich und durfte dann noch von jedem einen Kuß über sich ergehen lassen, bevor die Elfen sich versteckten und Corinna von den Sanitätern in die Ambulanz gebracht wurde.

24

Das Fest war wohl das größte und schönste, welches jemals in dem Elfendorf gefeiert worden war. Die Elfenfrauen hatten sich die größte Mühe gegeben, alles zu schmücken und herzurichten, sowie das Essen vorzubereiten, was eine besondere Herausforderung war, weil ja drei Menschen teilnahmen und solche Mengen, wie dabei wohl verspeist werden würden, noch nie zubereitet worden waren. Als Festplatz hatte man eine Wiese direkt vor dem Dorfeingang auserkoren, da das Dorf selber, in Anbetracht der Größe der Gäste, viel zu eng war. In der Mitte des Festplatzes war ein für Elfenmaßstäbe gewaltiger Holzstoß aufgeschichtet worden, um den herum die Elfenmänner Sitzgelegenheiten, von denen einige sich auch für Menschen eigneten, gebaut hatten. Das, was an Fleisch für das Festessen vorgesehen war, sollte über einem Nebenfeuer gegrillt werden. Die Tische, auf denen das üppige Mahl angerichtet wurde, waren von den Mädchen mit Blumen geschmückt worden, zwischen denen unzählige Kerzen aufgestellt wurden. Eine Gruppe von Elfen stimmte ihre Musikinstrumente, Fiedeln und Flöten, mit denen sie das Fest begleiten und später zum Tanz aufspielen wollten.

Dann kamen sie; Bernhard und Martha, festlich gekleidet, die aufgeregt auf- und abhüpfende Anna an der Hand führend. Sie wurden überschwenglich begrüßt und von einigen jüngeren Elfenkindern mit Blüten beworfen.

"Wir sind voller Freude, daß ihr kommen konntet, wir haben euch so viel zu verdanken!" sagte Histran.

"Die Dankbarkeit ist ganz auf unserer Seite", widersprach Martha, "schließlich habt ihr unsere Anna aus der Gewalt Urkalans befreit, bevor er ihr größeres Leid antun konnte, und wenn sie es schafft, aus dieser Geschichte ohne schwereren psychischen Schaden herauszukommen, so ist dies mit absoluter Sicherheit nicht zuletzt euer Verdienst!"

"Kann ich mir mal eure Stadt ansehen, Lil?" unterbrach nun Anna die gegenseitigen Dankbarkeitsbezeugungen. "Bestimmt Anna, obwohl es eigentlich nicht mein Dorf ist, denn ich wohne mit meiner Mama eigentlich am Ullasee, und der ist ziemlich weit weg von hier."

"Oh ja", stimmte Annas Mutter begeistert zu, "das möchte ich auch zu gerne mal sehen!"

So führten Meanmars Frau und Histran sie zu ihren Behausungen und zeigten, wie sie hier lebten.

"Im Grunde kaum anders als bei uns", stellte Bernhard fest, "nur natürlicher."

"Ach!" rief Martha aus, "das ist ja alles so niedlich hier, wie in einem Puppendorf! Ähem, das ist mir so rausgerutscht", setzte sie schnell hinzu, "es sollte nicht beleidigend klingen!"

"Das haben wir auch nicht so aufgefaßt", beruhigte Meanmars Frau, "ich hätte bestimmt ein ähnliches Gefühl, wenn ich Lebewesen und deren Wohnungen betrachten würde, die nur ein Zehntel unserer Größe hätten."

Sie sahen sich anschließend Killys Hütte an, und Lila und Camilla nahmen Anna noch mit zu ihrer selbstgebauten Pyramide.

"Oh, die ist aber toll, so eine will ich auch, Papa muß mir eine bauen, wenn wir zu Hause sind!"

Später zündeten die Elfen das mächtige Feuer an und trugen die Speisen auf. Martha bekam ganz große Augen, als sie sah, in welchen Mengen sich da die Leckereien auf den Tischen häuften. Wie hatten diese kleinen Persönchen das bloß alles geschafft?!

Der große Schmaus konnte beginnen. Martha und Bernhard hatten neben mehreren Flaschen Wein und Saft, auch Gläser, Teller und Besteck mitgebracht, welches für ihre Größe geeignet war. Lila und Camilla saßen zwischen Anna und ihren Eltern, auf deren anderer Seite sich Killy, Sara, Histran und Bregard anschlossen. Es wurde ein wunderbarer Abend; viele Geschichten, besonders natürlich über die gemeinsam erlebten Abenteuer, machten die Runde, und später,

Anna war bereits längst eingeschlafen, wurde getanzt bis in die frühen Morgenstunden. Erst als die Sonne aufging legten sich die letzten schlafen. Für Anna, Martha und Bernhard waren bequeme Schlafstellen in entsprechender Größe vorbereitet worden, auf denen sie sich in ihren mitgebrachten Schlafsäcken ausstreckten. Die ersten wärmenden Sonnenstrahlen und leises Vogelgezwitscher begleiteten ihre mittlerweile wieder leichten Träume.

Der aus den Katakomben der alten Stadt dringende Qualm wurde allmählich weiß und breitete sich als immer dichter werdender Nebel über die grauen Ruinen.

ENDE

Weitere Bücher der Lila Reihe:

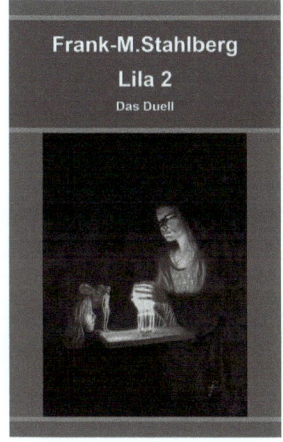

Frank-M.Stahlberg

Lila 2

Das Duell

Wieder einmal bricht großes Unheil über die Elfen herein. Ein schreckliches Massaker am Ullasee versetzt sie in Angst und Schrecken. Es dauert nicht lange, da wird ihnen klar, wer für den vielfachen Tod verantwortlich ist: Urkalan! Wie können Lila und ihre Freunde es schaffen, sich vor diesem übermächtigen Feind zu schützen? Ein gleichwertiger Gegner muß her, und sie finden die Zauberin Meliolantha, die zumindest eine kleine Chance haben sollte. Doch Urkalan ist noch weit stärker als befürchtet.

194 Seiten; 8 Farb-Illustrationen

Frank-M.Stahlberg

Lila 3

Die Rache

Lila und Camilla erhalten überraschenden Besuch: Eine Gumbin bittet die beiden um Beistand, denn das Gumbenvolk wird von grausamen Wesen heimgesucht, die aus den Experimenten des Magiers Urkalan hervorgingen. Lilas Einfallsreichtum ist gefragt um dieser Bedrohung Herr zu werden. Allerdings stellt sich bald heraus, dass es nur die 'Spitze des Eisberges' war und hinter den Überfällen noch jemand anderes steckt, mit dem niemand gerechnet hat.

190 Seiten; 8 Farb-Illustrationen

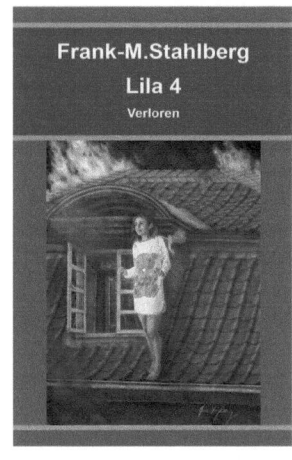

Frank-M.Stahlberg
Lila 4
Verloren

Lila in großen Nöten! Nicht genug damit, daß sie nach einem Streit durch Unachtsamkeit einen Unfall verursacht, wird sie auch noch unabsichtlich "entführt" und findet sich hilflos in einem fernen unbekannten Land wieder. Als sie überstürzt zu entkommen versucht, wird sie verletzt und gerät in die Hände des Unterweltkönigs Moro. Durch tatkräftige Hilfe ihrer "Entführer" kann sie fliehen, doch Moro denkt nicht daran, sich eine solche Attraktion einfach entgehen zu lassen und beschließt, alles daran zu setzen, ihrer wieder habhaft zu werden. Eine auch für ihre Helfer folgenschwere Entscheidung, denn Moro geht im wahrsten Sinne des Wortes über Leichen.

184 Seiten; 8 Farb-Illustrationen

Frank-M.Stahlberg
Lila 5
Tödliche Königin

Eine unbekannte Krankheit, die entweder den Tod oder entsetzliche psychische Veränderungen der Betroffenen zur Folge hat, gibt den Elfen Rätsel auf und stellt sie vor schier unlösbare Probleme. Auch Lila wird mit ihren jugendlichen Freunden auf unangenehmste Art mit dieser neuen Bedrohung konfrontiert, die nicht nur alles intelligente wie auch tierische, sondern ebenso alles pflanzliche Leben bedroht und unwiederbringlich zu zerstören scheint. Kann es noch Hoffnung geben? Die Elfen versuchen alles, doch eine nach der anderen fällt der "tödlichen Königin" zum Opfer.

261 Seiten; 8 Farb-Illustrationen

Weitere Bücher des Autors:

Raven, von einem befreundeten Waldläufer zu einem geheimen Treffen gebeten, findet diesen tot vor. Einziger Hinweis ist ein goldener Ring mit einem Rubin, in dessen Innerem ein Abbild des Schlangengottes Kreatol zu sehen ist: Das Erkennungsmerkmal der dunklen Bruderschaft von Darrak, einer entsetzlichen Sekte, von der alle glaubten, sie sei in den großen Kriegen ausgelöscht worden. Raven zieht mit einer Truppe verwegener Krieger los, der Sache auf den Grund zu gehen. In einer anderen Gegend, in einem kleinen Dorf, wird auch Eskia, eine junge Frau von 19 Jahren, mit den Schrecken der Bruderschaft konfrontiert. Eine Horde Räuber überfällt ihr Dorf, ermordet ihre Eltern und mißbraucht auch noch ihre jüngere Schwester, welche anschließend von einem unheimlichen Wesen auf entsetzliche Art getötet wird. Außer Eskia, die alles aus einem Versteck beobachtet, überlebt niemand. Eskia schwört Rache und zieht los, kämpfen zu lernen, um dieses Vorhaben verwirklichen zu können. Die Wege und Abenteuer Ravens und Eskias, wie auch Lissas, der Prinzessin Shaks und Verlobte Ravens, die auseinander und wieder zusammenlaufen, sich kreuzen und überraschende Wendungen nehmen, bilden das Rückgrat dieses Romans. Abenteuer, Liebe, Eifersucht, Intrigen, Krieg und Tod können hautnah miterlebt werden. Ebenso die Konfrontation mit verschiedensten Wesen, unheimlichen, entsetzlichen oder einfach nur beeindruckenden.
Tauche ein in eine fremde, faszinierende Welt voller Schönheit und Schrecken!

464 Seiten

Weitere Bände der Shaktyri Triologie:

Shaktyri – Durghonds Rache
Shaktyri – Die Stunde der Keehin

Frank-M. Stahlberg

Anna - will nach Hause

Ein Märchen für Kinder ab 4 Jahren

Die fünfjährige Anna ist mit ihren Eltern auf dem Rückweg aus dem Urlaub. Während einer Picknickpause, bei der sich die Eltern vom Auto entfernt haben, um die schlafende Anna nicht zu wecken, erwacht diese, steigt aus und läuft hinter einem Schmetterling her. Ausgerechnet jetzt kehren die Eltern zum Auto zurück, steigen ein und setzen die Fahrt fort, ohne sofort zu merken, daß Anna nicht mehr im Auto ist. Anna sieht das Auto verschwinden und ist natürlich total verzweifelt. Sie rennt hinterher und verirrt sich dabei. Ein Frosch, der Anna weinend auf einer Wiese findet, bietet dem Mädchen seine Hilfe an. Da er jedoch nicht in der Lage ist, sie nach Hause zu bringen, sucht er einen neuen Führer für das Mädchen. So begegnet Anna auf ihrem Weg den verschiedensten Tieren, die ihr mit ihren Möglichkeiten zu helfen versuchen. Ein - trotz der ersten dramatischen Situation - heiteres Märchen, mit Witz, interessanten, wie abenteuerlichen Erlebnissen des Kindes mit den Tieren, bei welchen viele Eigenarten und Fähigkeiten jener, wie z.B. Frosch, Maulwurf, Blindschleiche, Wildschwein, Fledermaus und einigen anderen mehr, kennengelernt werden können.

52 Seiten; 23 Illustrationen